大夫的浪漫

暗示票 [illegible] 號

受信	大正 ｜年｜月／日
發信	大正 十三年三月十八日

秘密調査用罫紙

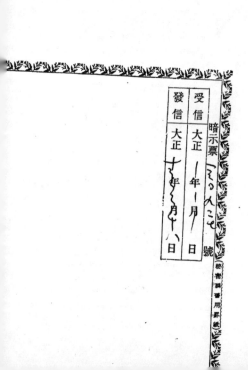

我用戀想與愛幻，塞滿你的一生。

目録

目次

愛的詩集（選錄）——詩——室生犀星

愛の詩集

大正十一年三月創立株式組織ナリ其以前ハ個
先々代佐々木玄兵衛時代ヨリノ營業也（つや
トス）

營業目的

化粧品雜貨販賣業ヲ營ミ震災後喫茶部ヲ新設

資本額

資本額五十萬圓トス最初ハ廿萬圓株數ハ一萬

重役

取締役佐々木ふく（先代佐々木玄兵衛ノ母）
同上佐々木うた（先代亡佐々木玄兵衛ノ

永不到來的女子

在風寒如秋天的日子
我面對柿子樹蔭下的庭院
仰望清澄似水的天空
眼前是書案
卻又無時無刻不看著庭院
我看著凋謝的牽牛花
又讚美挺拔的芙蓉
覺得它在等著妳
正在歌頌著面帶美麗微笑的妳

等待像鴿子一般的妳
柿子樹影換了位置
天色被晚霞沉浸
我點了燈，又回到桌案
今夜異於以往
是輝煌的月夜時
我清掃庭院使之如璧玉般潔淨
愛惜花卉如璧玉
歌頌像小笛子一般吟唱的蟲兒
我邊走邊想
想著想著又仰望天空
再回頭把院子掃得一塵不染
嗚呼！清掃乾淨

我居住在清淨的孤獨之中
等著永不到來的妳
看似滿懷歡喜
卻又孑然一身
今晚我依然沉浸在渾身的思念中
等待著妳的身影
嗚呼！我將畢生反覆著
向未知的那一刻祝福
向未知的那一刻祈願
祈願一個人的來訪

雨之詩

雨就像是愛情
不分晝夜地下著
人們憂心忡忡地
看著才剛冒出新芽的菜園
逐漸被雨水淹沒
雨滴一如往常地
孤寂飄降的樣子
也原封不動地映入人心
人們優秀的靈魂

也悲傷地浸泡在雨水中
永永遠遠地被淹沒
永永遠遠地滿懷辛酸看著這場雨

大學路

我喜歡走在
鋪滿密密麻麻石頭的大學路上
溫暖靄靄晨光
幸福地滑上本鄉三丁目[01]的屋頂
陽光沐浴著路面鋪石與兩旁的銀杏
我日益確信自己住在這座都市
工作表現也日益受到肯定
確實感受那股歡愉

01 本鄉三丁目：東京大學本鄉校區正門附近。

踩著皮鞋橐橐作響大步行走
據說一位名叫「克拉本特」[02]的德國大學生
在外套扣眼上插了一輪碩大的大理花
天真無邪地闊步在熙攘的街道上
從他的詩文就可以想像得出來
今天的我是幸福的
朝陽越過馬路
從我的胸口照耀到額前

02克拉本特（Klabund）：詩人、劇作家亞佛列德・亨什克（Alfred Henschke，西元一八九〇至一九二八年）的筆名。

發行日——西元一九一八（大正七）年一月

背景摘要——被生母丟給和尚養大，十二歲入社會的私生子犀星，由法院裡的俳句愛好者帶領入門，先在報紙上投稿，往返於東京與金澤之間，在兩地文學圈都小有名氣。大正七年先後自費發行《愛的詩集》與《抒情小曲集》震撼現代詩壇，後來也發表小說。他被環境逼迫必須自力更生，早年又受到失戀打擊，所幸在寫作找到出路，文章的抒情性可看出俳句與短歌帶來的深厚影響。

婦女的新男性觀——雜文——伊藤野枝

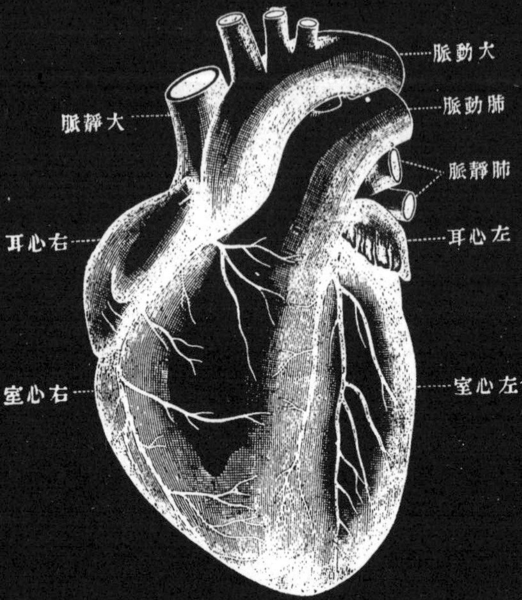

新らしき婦人の男性観

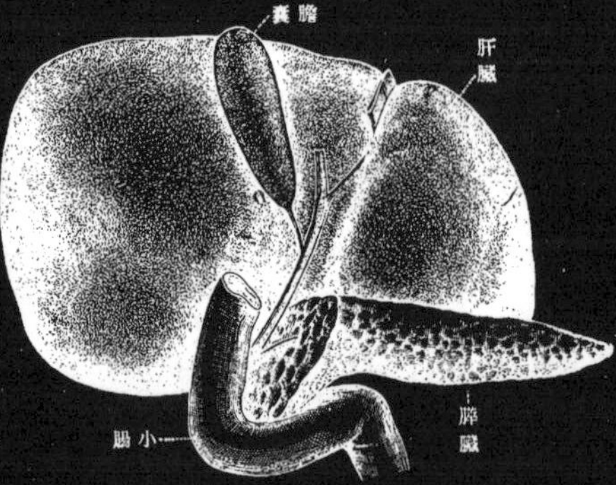

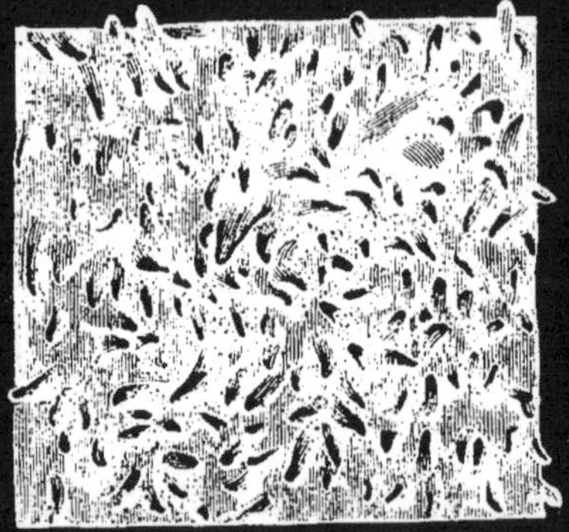

婦女的新男性觀

世上似乎並不缺少那種自以為對女人瞭若指掌，對女人品頭論足的男人，但他們的評語大抵有九成九都沒說中，到了本人耳邊聽起來反而滑稽可笑。本人以為男人是一種自以為是的生物。

男人性格寬大，凡事不求甚解。是故在整體上女性似乎不如男性，但是在部分細節的洞察力上，本人以為男人遠遠比不上女人。

女人在整體上匱乏，取而代之的是細節上的深度。男人在整體上的特徵顯而易見，但不論如何看起來仍然粗笨而淺薄。男人不論做什麼事都自以為是，從枝微末節蠻橫地獨斷獨行。在女人的眼中，男人的所作所為天真無知，到了愚蠢不堪的地步。

膚淺如魔術把戲的男人多如過江之鯽，那樣的男人在面對女人的場合，都會竭盡所能地隱藏本性，披上貓皮故作乖巧。然而，他們的皮毛三兩下就會被揭穿，心底想法也會馬上曝露出來。

然而，在事實上，女人隱藏本性故作乖巧的能力遠遠超於男人。說來殘忍，但為了讓防備男人的城堡更為堅固，女人更加細心使用這種能力，男人也就更難以看穿。也因為如此，女人的罪惡很大，男人也可說是如此地天真無知。

男人全身充滿漏洞與縫隙，女人要如何操作男人的這些弱點都易如反掌。然而在此本人必須說，這也是為卑劣的行為。女人當然也存在著弱點，由於弱點與弱點之間更必須互相調和，在互相掩蓋弱點的同時，利用弱點這件事，應也稱得上是一種罪惡。

從事煙花行業的女性，便是巧妙地利用男人的弱點牟利。那怕不是那些煙花女郎，世間仍然存在著許許多多類似的女性。

會將男人視為可怕嚴厲事物者，多半是那些沒見過世面的少女；而由為人妻母的女性眼中，男人就不再是可怕而嚴厲的存在，只不過是可以親近、容易利用，令人感到萬幸。此觀點的證據，在於面對逐漸逼近的突發狀況，男人會膽怯地臨陣脫逃，女人卻可以在那種場合，貫徹始終地展現出堅強的一面。在突發的場合，站一邊就能出頭，是那些趾高氣昂不可一世的男人少有的氣魄。大部分的男人只會輕易放棄。

女人沒有必須服從男人命令的理由。然而日本的慣例永遠只會妨害女人的獨立自主，對於提供自身生活保障的男人，女人只能處處讓步，對男人表現出一定程度的敬意，讓男人得寸進尺將女人當成自己的奴隸看待，而女人只能在盲從中一廂情願地吞忍那些屈辱，令人費解。

自從女性獨立自主的路線建立以來，這種弊病看似已被消滅，然而女性的自覺，至今還很難說得上獨立自主的程度。

即使有人有意重視婦女問題，世間的一般婦女依然漠不關心。這是因為引發話題的人們，不論男女，看來都並非真正覺醒。即使是吾人的青鞜社[01]，出現讀了文章醒來的自覺者，確實接觸現實問題，並且由衷發出自覺話語的人，可說是放眼皆無。

01 青鞜社：日本女性主義先鋒平塚雷鳥（西元一八八六至一九七一年）創立於明治四十四年（西元一九一一年，七月三十一日改元大正元年）的爭議性女性文學團體，名稱源自十八世紀倫敦女性文學結社「藍襪社」（Blues Stockings Society）。經過第一次世界大戰爆發、一九一四年雷鳥退出並非婚生子，社團接班人野枝（本文作者）與無政府分子大杉榮（西元一八八五至一九二三年）出軌等事件，社團於一九一五年停止活動，翌年解散。

然而世間幾乎也看不到堪稱具有真正自覺的男人。男人的自覺，說不定比女人更少。不論如何，男人都必須拿出覺醒的成果。如果男人不挺身而出，現在的社會制度很可能讓婦女的自覺淪為口號，並且無疾而終。

現今世界各地進行的婦女覺醒運動，日後又將如何發展並得到實現？——這已是題外話，本文暫先就此擱筆。

發 表 日——西元一九一四（大正三）年一月／《新婦人》雜誌第四年一月之卷

背景摘要——野枝身為婦女解放運動健將，還多了「無政府主義者」的身分。她和與謝野晶子一樣抱持著領先當時社會的視野，與無政府主義者大杉榮的開放性關係也一度轟動社會。關東大地震發生後，她懷著大杉榮的孩子，被當時管制東京的憲兵隊分隊長甘粕正彥（西元一八九一至一九四五年）以維持社會秩序為由逮捕後私刑致死，兩人與大杉六歲外甥的遺體，被憲兵以草蓆一包就丟入井裡。

一篇愛情小說——小說——芥川龍之介

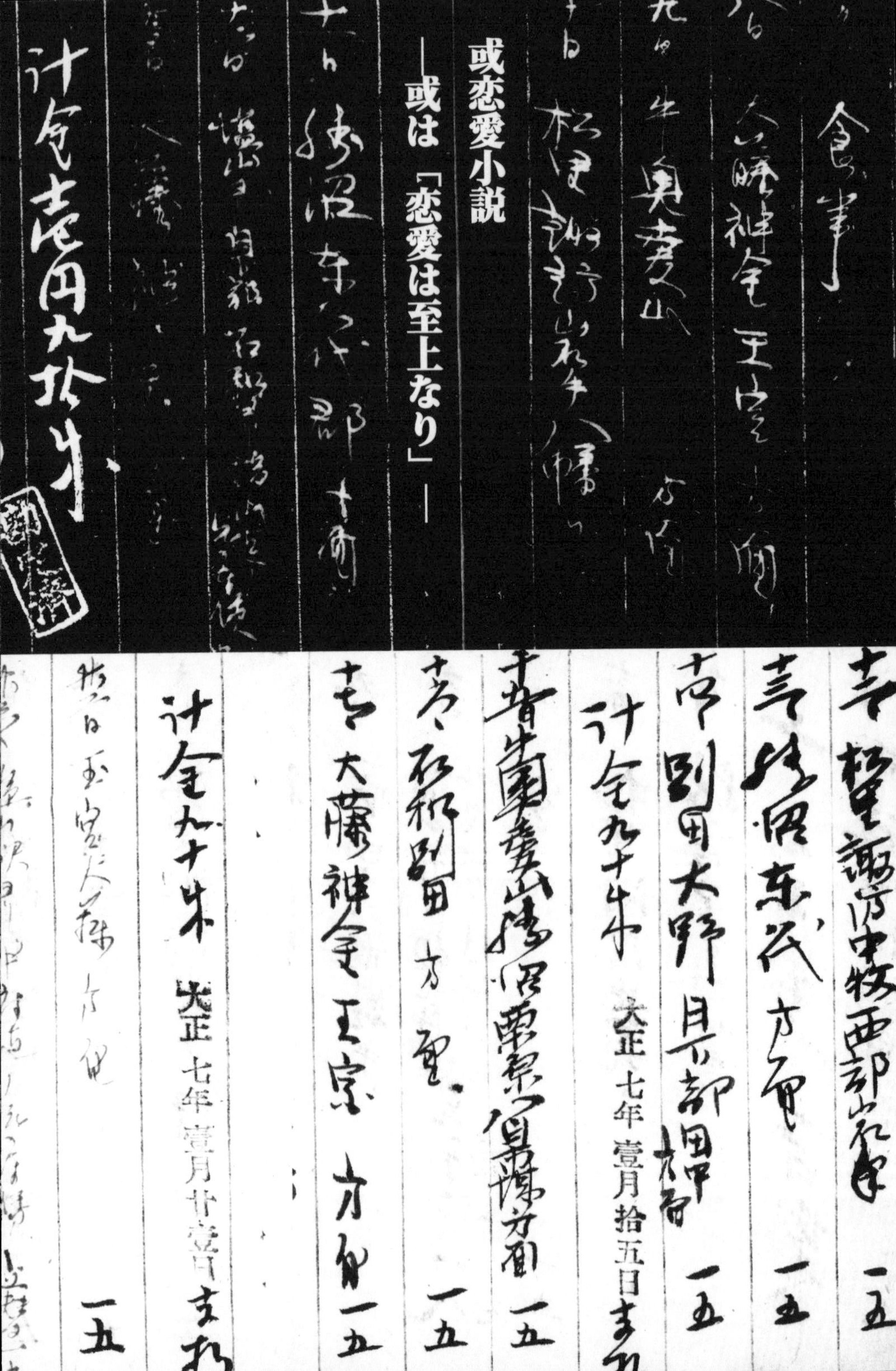

或恋愛小説

—或は「恋愛は至上なり」—

一篇愛情小說

某婦女雜誌社會客室。

主筆——身材肥胖，年紀四十前後的紳士。

堀川保吉——可能因為主筆長得胖，看起來顯得更瘦，年紀三十前後的——長相一言難盡。然而能不能稱為紳士，都會讓人陷入猶豫，卻是事實。

主筆：這次能不能寫一篇小說刊登我們的雜誌上？最近的讀者品味也變得更高級了，過去的愛情小說已經沒辦法滿足他們，所以……我希望你能為我們寫一篇更深入人性的嚴肅愛情小說。

保吉：我已經在寫了，其實這陣子也有一篇想要刊登在婦女雜誌上的故事。

主筆：這樣呀？那真是太好了，如果你可以寫，我們會在報紙上買大版面宣傳，會說「堀川執筆而成，哀怨婉約至極之愛情小說」。

保吉：「哀怨婉約至極」？可是我的小說主張的是「愛情至上」呢。

主筆：那就是對愛情的讚美了吧？越來越適合本刊了。自從廚川博士的〈近代戀愛論〉以來，一般青年男女都偏向愛情至上主義的想法了……當然是指近代式的戀愛吧？

保吉：我有問題。像是近代式的懷疑、近代式的強盜、近代式的染髮之類——這些事物不都確實地存在嗎？但不論如何，我認為只有愛情是打從伊奘諾尊與伊奘冉尊01以來沒什麼變化。

主筆：只有在理論上是這樣而已喔。像是三角關係之類，就是近代式愛情的一個例子，至少以日本的現狀而言就是如此。

保吉：喔，三角關係嗎？我的小說裡也會提到三角關係……不然我說一下故事大綱給您聽聽看吧？

01伊奘諾尊與伊奘冉尊：日本神話中「神世七代」的最後一代神，創造日本諸島諸神的兄妹，天照大神、月讀尊、素戔嗚尊等神的父母親。

主筆：現在時機正好。

保吉：女主角是年輕的太太，一個外交官夫人。當然，她住在東京山手[02]的宅邸。她身材苗條，待人接物溫婉有禮，頭髮也——讀者追求的到底是哪種髮型的女主角呢？

主筆：只要是把耳朵蓋住的都可以吧？

保吉：那就讓她頭髮蓋住耳朵好了。她總是盤起頭髮蓋住耳朵。她的膚色很白，兩眼炯炯有神，嘴唇看起來有點特別——總之以電影而言，就像是栗島澄子[03]扮演的角色。丈夫也是新時代的法學士，所以只要對新派悲劇熟的讀者，就不會有看不懂的道理。丈夫在學生時代是棒球選手，閒暇時候會讀點小說，膚色有點黑，是一個溫和的男人。新婚的兩人在山手的宅邸過著幸福快樂的生活，有時候會一起去聽音樂會，有時候會一起去銀座大道逛街……

02山手（東京）：赤坂皇居附近地勢較高處，後來成為高級住宅區的代名詞。橫濱的外國人居留地、大阪市中心上町台地附近、神戶六甲山南邊也被稱為山手。

03栗島澄子（西元一九〇二至一九八七年）：松竹製片廠頭牌女星，擅長飾演新時代女性。一九三五年息影後，以水木流舞踊傳人「水木歌紅（後來改名『紅仙』）」身分從事舞蹈演出與教育活動。

主筆：這個當然是發生在大地震[04]之前的故事吧？

保吉：對，發生在地震的更久以前……兩人有時候會一起去聽音樂會，有時候會一起去銀座大道逛街。有時候會在西洋風客廳的電燈泡下，默默地看著對方微笑。女主角把這間西洋房間稱為「我倆愛的小窩」。牆上掛著雷諾瓦、塞尚畫作的複製品。鋼琴的外殼也光耀照人。種在花盆裡的椰子樹垂著樹葉——聽起來好像很厲害，不過房租其實意外地便宜喔。

主筆：可以不用再解說這些了，多少說點小說本文的內容吧！

保吉：不，這些細節都有必要說明。因為這樣讀者才能知道年輕外交官的月薪很高。

主筆：那不如把男主角寫成華族的少爺，以華族來講，不是伯爵就是子爵吧？我們過去好像很少在小說裡看到公爵或侯爵。

保吉：可以改成伯爵的兒子。總之只要有西洋客廳就夠了。至於西洋客廳、銀座大道或音樂會什麼的，全都只在第一回出現……但是妙子——這是女主角的名字——和音樂家達雄交情更深以來，內心開始感到焦慮。達雄愛妙子——女主角直覺認為如此，她內心的

04 關東大地震（大正十二〔西元一九二三〕年九月一日）。

焦慮與日俱增。

主筆：那麼達雄又是怎麼樣的一種男人呢？

保吉：達雄是音樂的天才，是集羅蘭[05]筆下的尚・克里斯朵夫[06]與瓦瑟曼[07]的丹尼爾・諾塔夫特[08]才華於一身的天才。但出身貧寒，到現在還沒有成就得到他人的認同的事蹟，我打算用我的音樂家朋友作藍本。我那朋友是個美男子，但達雄不是。他是個出生於東北地方的野蠻人，乍看之下像頭黑猩猩，但只有眼神帶有天才的靈光。他的兩眼就像一爐炭一樣不斷發熱——就是那種眼睛喔。

主筆：天才角色一定會受歡迎的吧。

保吉：可是外交官丈夫也未曾虧待過妙子，應該說妙子比以往更愛著丈夫，而丈夫也信任妙子。這種事情也不用多作解釋吧？所以妙子心中的痛苦，又蒙上一層陰影了。

05羅曼・羅蘭（Romain Rolland，西元一八六六至一九四四年），法國文豪。
06尚・克里斯朵夫（Jean-Christophe）：羅蘭代表作（西元一九一五年諾貝爾文學獎）同名主角。
07雅各・瓦瑟曼（Jakob Wassermann，西元一八七三至一九三四年），住在奧地利的德國猶太小說家。一度以人文關懷作風受到歡迎，在一九三三年納粹興起後，自行請辭普魯士藝術院院士，所有著作也被查禁。
08丹尼爾・諾塔夫特（Daniel Notthaft）：瓦瑟曼小說《鵝人》（Das Gänsemännchen，西元一九一五年）主角，才華洋溢的作曲家。

主筆：這就是我剛剛所謂的近代式戀愛了。

保吉：每天只要電燈亮起的時候，達雄一定會在西洋客廳露臉。如果丈夫在場，還不至於尷尬，但妙子自己看家的時候，達雄是不是一樣露臉呢？這時候妙子不得不讓他只能坐下彈鋼琴。丈夫在家的話，達雄大部分時間也只能坐在鋼琴前面。

主筆：這時候就容易墜入情網了嗎？

保吉：不，很難掉進去。然而，在二月的某一個晚上，達雄突然彈起舒伯特的〈給西維雅〉09。就是那首充滿燃燒般熱情的歌曲。妙子在椰子樹下傾聽，並且漸漸地開始感受到達雄對她的愛意，同時也感受到眼前浮現的金色誘惑。只要多五分鐘——不，即使只需要一分鐘，妙子說不定就會飛奔向達雄的懷抱中。說時遲那時快——曲子才要彈完，所幸主人也剛好回來。

主筆：然後呢？

保吉：才過了一星期，妙子就忍受不了內心的糾結之苦，決定自殺。但是她剛好也有

09 雅各・瓦瑟曼（Jakob Wassermann，西元一八七三至一九三四年），住在奧地利的德國猶太小說家。一度以人文關懷作風受到歡迎，在一九三三年納粹興起後，自行請辭普魯士藝術院院士，所有著作也被查禁。

孕在身，沒有不顧一切實行的勇氣。她便打算向丈夫表白自己被達雄深愛的事實。為了不讓丈夫感到痛苦，她最後還是沒有向丈夫坦承自己也愛著達雄。

主筆：那麼會發展成決鬥嗎？

保吉：沒有，丈夫只有冷冷地把達雄拒絕在門外。達雄只能默默咬著嘴唇，隔著窗戶一直盯著那台鋼琴看。妙子也在門外一直偷哭——然後過了不到兩個月的時間，丈夫突然收到人事命令，必須到支那的漢口領事館就任。

主筆：那麼妙子也一起過去嗎？

保吉：當然一起過去了。但是妙子出發前，寫了一封信給達雄。「我同情你的想法，可是我什麼也不能做。放棄吧，這是彼此之間的命運。」——大概是這種意思。從此，妙子與達雄都沒有見過面。

主筆：小說只寫到這裡就結束了吧？

保吉：不，後面還剩一些。妙子到了漢口以後，還是時常思念著達雄。而且最後又開始覺得比起丈夫，自己更愛達雄。聽好了，在妙子的四周，只有漢口寂寞的景色，也就是唐代崔顥那首詩「晴川歷歷漢陽樹，芳草萋萋鸚鵡洲」[10]描述的風景。妙子終於提起勇氣——剛好滿了一年——再寫一封信給達雄。「過去我曾愛過你，如今一樣愛你。請想像我欺騙自己的樣子有多可憐。」——大概是這樣的內容。收到這封信的達雄……

主筆：一定火速趕往支那吧？

保吉：結果是不可能的。因為達雄為了混口飯吃，開始在淺草的某家電影院彈鋼琴。

主筆：這樣聽起來有點殺風景呢。

保吉：即使殺風景也沒有辦法。達雄在一間破爛的小咖啡廳桌上，打開妙子寄來的信。窗外的天空飄著雨。達雄萬念俱灰地看著那封信，字裡行間彷彿看見了妙子家的西洋客廳，看見鋼琴蓋反射著電燈光芒的「我倆愛的小窩」……

主筆：好像還少了什麼，總之以後一定會成為傑作的。你務必寫出來。

更保吉：其實後面還有。

主筆：難道還沒結束嗎？

保吉：對，達雄突然笑出來，馬上又發出可怕的咒罵聲「渾蛋！」。

10〈登黃鶴樓〉。

主筆：喔，原來是發狂了呀。

保吉：一定是因為事情的愚蠢至極而怒火中燒了。這種事哪有不生氣的道理？本來達雄對妙子一點感覺都沒有……

主筆：但是，如果這樣一來，不就……

保吉：達雄去妙子家，其實只是想要滿足彈鋼琴的欲望。換句話說，他愛的是鋼琴。原因很簡單，就是達雄家境貧窮，沒錢買鋼琴。

主筆：不過呀，堀川先生。

保吉：還能在電影院彈琴的時候，達雄稱得上幸福；在大地震發生以後，他轉行成為巡警。在護憲運動[11]發生的那一陣子，他為了保護善良的東京市民，還遭受各方的口誅筆伐呢。不過當他在山手巡邏的時候，偶爾聽到鋼琴聲，就會駐足在住宅外面，回憶往日幸福的場面。

主筆：那麼好好的一篇小說不就……

保吉：別擔心，聽我講完。妙子住在漢口的期間，依然思念著達雄，不過她不只住漢

11護憲運動：發生於大正十三（西元一九二四）年的第二次憲政護持運動，使日本從官僚內閣進入政黨內閣時代。

口。只要外交官丈夫轉任別地，不管暫時居住在上海、北京還是天津，妙子還是思念達雄。當然，在大地震發生後，有很多小寶寶出生。至於她嘛，我想想看——連續兩年各生一個，然後又生了雙胞胎，所以成了四個孩子的媽。而且丈夫也不知從何時開始喝很多酒。儘管如此，肥得像頭豬的妙子，依然覺得只有達雄還深愛著她。愛情其實是一個至高無上的觀念對吧？否則不會有人像妙子一樣幸福。人多少難免厭惡人生的爛泥巴路吧？——這樣的小說，你覺得怎麼樣？

主筆：堀川先生，你到底是不是認真的？

保吉：對，我當然是認真的。不然您看看市面上的愛情小說。女主角是不是清一色叫瑪麗亞，或是克里奧佩脫拉呢？但是人生的女主角，在未必是貞潔烈女的同時，也未必就是蕩婦。如果喜歡看愛情小說的讀者之中，只要有一位讀者，不分男女，把我這種小說信以為真，愛情能不能走向圓滿結局我們不管，萬一玩到失戀的那一天，不是走傻傻的自我犧牲道路，就是發揚更傻的復仇精神。而且當事者自己常常會迷上自己某種英雄式的行徑。但是我的愛情小說，至少不含這種會散布不良影響的傾向，更何況在結尾還讚美女主角的幸福生活。

主筆：你在開玩笑吧？……我們雜誌社沒辦法刊登這種小說。

保吉：是嗎？那我就去求別的雜誌社刊登，因為這麼大的市場，應該還是有某家婦女雜誌社認同我的主張。

本文記錄了保吉在對話中的預測無誤的證據。

發 表 日——西元一九二五（大正十三）年三月／《婦人グラフ》

背景摘要——當時候的芥川已經生了兩個兒子，也與胡適、章炳麟等中文作家交流。訪華歸國以來，卻飽受神經衰弱折磨，作品也開始傾向私小說路線。本短篇刻意以雜誌對談體裁撰寫，也詳細列舉了發表當時的時尚，滑稽之中還帶有一絲虛無感。

一金廿銭　一宿[illegible]

合計三十六銭

大正七年拾月卅壹日

相済

一金六銭　[illegible]

済

蜜柑——小說——芥川龍之介

みかん

數ヲ求メヨ　　　（早稻田中）

解

12個＋9個＝21個…………全體ノ差

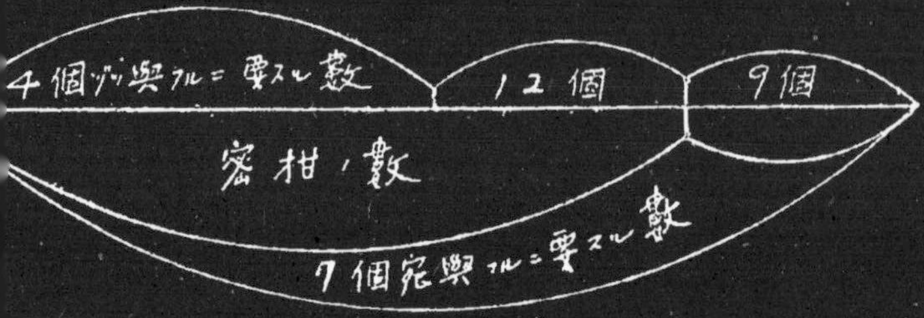

7個－4個＝3個…………各人ニツキ分ツトキノ差

21個÷3個＝7…………人數

4個×7＋12個＝40個………蜜柑ノ數

答　7人，40個

註

卽チ，過不足ノ問題ノ解キ方，人數ハ

A.　過ノトキハ(全體ノ過)÷各人ニツキテノ差)

B.　不足ノトキハ(全體ノ不足)÷(各人ニツキテノ差)

C　過不足ノトキハ(全體ノ過＋全體ノ不足)÷(〃)

D.　過，過ノトキハ(全體ノ過－全體ノ過)÷(〃)

幾ダースカノ鉛筆ガアル，コレヲ9人ノ子供ニ分ケ

中ノ5人ニハ7本ヅツ其他ニハ6本ヅツ分ケルト1本

イフ鉛筆ハ幾ダースカ　　　（諏訪高女）

註，モシ5人ニモ6本ヅツヤレバ尙5本餘ル

蜜柑

這是某一個冬日的傍晚。我在橫須賀北上東京列車的二等車廂[01]找了一個角落的位子坐下，懶洋洋地等待發車的哨笛聲。在點著電燈的客車裡，很難得地只有我一個乘客。我往車外看了一眼，在陰暗的月台上，今天也很難得地，連送行的人影都沒半個，只有一隻被關在籠子裡的小狗，不斷地發出聽似悲戚的吠聲。奇妙的是，這些景象竟然與我當時的心境不謀而合。我腦海中難以形容的疲憊與倦意，就像是下著雪的天空一樣，在地上留下沉重的影子。我兩手一直插在大衣口袋裡，連把口袋裡的晚報拿出來看的勁頭都沒了。

這時，發車的哨笛終於響了。我內心感到些許慰藉的同時，把頭靠在後方的窗框，等著看眼前的車棚開始不斷往後退。但是比車輪聲更早出現的，卻是女用高腳屐的急促腳步

01 二等車：當時的日本鐵路客車、臥鋪車沿用歐洲制度分成三等（相當於客機的頭等、商務、經濟艙）。本篇出現的二等車為縱列兩排座位的軟座車。一九六〇年代後，日本公、民營鐵路除了皇室列車與展望車等觀光列車外，僅分成商務車與普通車（含對號與自由座）。

聲，原本以為是從驗票口傳來，結果依稀聽到車掌在罵什麼，我搭乘的二等車廂的車門卡嚓一聲打開，一個年紀大概十三、四歲的小丫頭急急忙忙跑進車廂，這時火車晃了一下，慢慢地開始移動。月台的柱子一根一根往後流逝，看起來像是忘在鐵軌上的水槽車，還有收到小費對著車廂內鞠躬送別的紅帽子[02]——眼前一切景象，都在往車窗竄的煤煙之中，依依不捨地往車後消逝。我逐漸感到放心，點了一根香菸，才慢慢睜開惺忪的睡眼，偷瞄一眼在對面就座的小丫頭。

她的頭髮上沒有髮油的反光，頂著倉促盤起的銀杏髷[03]，晒紅的臉頰上留著抹掉鼻涕的痕跡，還充滿令人看了不舒服的皴裂，就是一副鄉下野丫頭的德性。她圍著一條滿是汙垢，長及大腿的黃綠色圍巾，抱著一個斗大的包袱。圍抱包袱的兩手滿是凍傷，還小心翼翼地握著三等車的朱紅色車票。我不喜歡這丫頭粗鄙的長相，她身上的衣服很髒，又使我不高興。最後她愚蠢駑鈍到連二等車與三等車都分不清楚，更讓我怒火中燒。所以吸著菸

02紅帽子：車站行李搬運員。
03銀杏髷：源自幕末，在明治二十年代又開始流行的盤髮方式，因形似銀杏葉而得名，使用者主要是十六至二十歲的女性。頭髮中分後，在後腦勺盤起並以髮髻固定。關西稱為「蝴蝶髷」。

的我，也為了想要暫時忘記對面的丫頭，拿出大衣口袋裡的晚報來看。這時候照耀在報紙上的光，突然變成電燈的光，版面上印刷粗劣的鉛字，突然在我的眼前活靈活現了起來。不由分說，沿途隧道很多的橫須賀線，正進入第一座隧道。

但即使掃遍電燈照耀下的晚報各版，眼前的世間大小平凡事，就像要撫慰我心中的鬱悶一樣，一條一條地出現。和約[04]問題、新娘新郎、瀆職事件[05]、分類廣告訃聞欄——在進入隧道的剎那，我在感受到列車正在往反方向前進的同時，也以機械式的眼球運動，漠然地看著一則又一則的報導。然而理所當然地，還是無法忽視對面小丫頭現實而鄙俗的長相。在隧道裡行駛的火車，這個鄉下丫頭，還有手上這份充滿平凡無奇報導的晚報——這不是象徵，又會是什麼呢？如果不是象徵充滿不解、低俗又無聊的人生，又是什麼呢？我

04 和約：第一次世界大戰結束後，協約國（法、比、俄、英、義、塞爾維亞、美；日本與中華民國北京政府都曾向德意志、奧匈宣戰）與同盟國（德意志、奧匈、鄂圖曼土耳其、保加利亞王國）於巴黎和會共同簽訂凡爾賽條約。西元一九一四年日本向德國宣戰，並與英國聯軍打敗德軍。一五年日本代表與大總統袁世凱在北京簽署二十一條密約，日本取得在膠州灣的合法地位。一九一九年的凡爾賽條約，將德國在山東租界的權益歸於日本，北京代表顧維鈞（西元一八八八至一九八五年）堅持不簽，一九二一年與德國另訂協約。最後北京政府與日本在一九二二年簽訂華盛頓條約，同年底日本從山東撤軍。

05 瀆職事件：西元一九一四年初，日本海軍高層委託英國維克斯（Vickers）造船廠建造巡洋艦，同時向競標廠商德國西門子（Siemens）施壓索賄，在事跡敗露成為國際問題後，引發民眾示威包圍國會議事堂，導致海軍上將山本權兵衛（西元一八五二至一九三三年）第一次內閣總辭。文章發表當時，文武高官貪贓枉法的瀆職事件依然層出不窮。

對眼前的一切感到厭煩，把還沒讀完的晚報隨手一扔，又把頭往後靠在窗邊，閉上兩眼裝死，陷入一片茫然。

又過了幾分鐘以後，突然覺得有什麼人逼近，不假思索環顧四周，才發現那丫頭不知何時已經從對面走到我這一側，一直想要打開車窗。然而，厚重的玻璃窗看來沒有想像中容易移動。滿是皴裂的臉頰越來越紅，吸鼻涕的聲音與輕微的喘息，也不斷傳進我的耳裡。這時候當然我也不由自主產生幾分同情起來。然而列車即將開進隧道的事實，也隨著窗外暮色中滿是枯草的兩側山坡不斷變高而逼近。而這鄉下丫頭還是不顧一切地想把窗框往下拉——我依然無法吞忍縱容這種理由，不，我心裡只覺得這丫頭只是在惡作劇。所以我心底還抱著幸災樂禍的心理，冷眼看著她用滿是凍傷的手奮力搬動窗框的樣子，暗自祈求她永遠不會成功。突然傳出砰咚一聲巨響，在火車鑽進山洞的同時，小丫頭死命移動的窗框終於應聲打開了。這時像是煤灰溶解般的黑色空氣，也變成令人難以呼吸的黑煙，在車廂內擴散成濛濛一片。喉嚨本來就不好的我，也只能一直咳嗽，咳到喘不過氣。但是小丫頭卻還未因此鬆一口氣，把頭伸出窗外，包頭兩鬢的散髮在黑暗的狂風中狂舞，雙眼直直盯著火車的前方。在蒙著煤煙的燈光下，看著她的身影四周逐漸變亮，如果還沒有感受到窗外冷冷地傳來土的氣息、枯草的氣息或水的氣息，我一定會對這個素昧平生的小丫頭劈頭一陣大罵，再起身把車窗關上。

但火車這時已經從容不迫地駛出隧道，正要通過夾雜在枯草與枯草之間，某個貧寒小村郊外的平交道。在平交道附近，擠滿許多棟外表破落的房子，稻草屋頂與瓦片屋頂錯落相鄰，令人看了喘不過氣。在暮色中，只有看起來像平交道管理員的人，在遠方有氣無力地搖著通行的白色訊號旗。我心想，總算出隧道了——這時在四野蕭索的平交道柵欄後，我看到三個臉頰通紅的小男孩擠在一起站著。三人如此瘦小，像是要被吞沒在暮色中一樣，身上還穿著色調有如鎮上風景一樣悽慘的和服。他們一看到火車靠近，就馬上高舉各自的雙手，拚了命地尖聲喊叫。就在這一剎那，半個身子探出車外的小丫頭，伸出她滿是凍傷的兩手，本來以為她會像三個男孩揮手，結果把五六顆被夕陽照得通紅，令人怦然心動的蜜柑，往歡送火車的三個小男孩方向拋去。我忍不住吞了一口口水，突然了解一切。丫頭可能是準備去工寮報到的童工，把預先藏在衣服裡的幾顆蜜柑丟出窗外，以報答弟弟們特地跑來平交道送行的恩情。

暮色照耀下小鎮郊外的平交道、發出像小鳥爭鳴般尖叫的三個孩子，以及往他們身上飛去那些蜜柑鮮豔的顏色——一切景色不假等待地在火車窗外迅速地掠過。但這片光景卻近乎悲涼地刻印在我的心頭，並且從中湧現出一股不明所以的喜悅。我昂首注視那小丫頭，好像在看另一個人。不知何時，這小丫頭已經回到我對面的座位，把充滿皴裂的臉頰藏在黃綠色圍巾底下，緊抱大包袱的兩手，還緊緊握著三等車的票……

從那時候開始，我得以暫時忘卻某些難以言狀的疲勞、倦怠，以及不可理解、下流、無聊的人生。

發表日——西元一九一九（大正八）年五月／《新潮》雜誌

背景摘要——第一次世界大戰期間，芥川從東京帝大畢業後，被引薦進入神奈川橫須賀海軍輪機學校擔任英語教官，這是他某天搭乘橫須賀線火車的真實體驗。同樣的火車站與橘子，民國作家朱自清在一九二五年也發表過一篇回憶父親的散文〈背影〉，兩篇文章訴求不同，但在文學意境上則遙相呼應。

馬戲團——小說——室生犀星

No.

領收證

一金貳拾八円也

但 電灯取付七灯ノ工事費

¥ 28.00

注意（會社印及扱人ノ認印無キモノハ無効トス）

右金額 現金 ニテ正ニ領收仕候也

大正十四年十二月三十日

東京市淺草區田町一丁目八番地

合資會社 淺田工作所

電話淺草一一一八番

（扱人認印）

竹内 殿

（甲號）

ヒッポドロム

馬戲團01

烏雲密布的天空下，一面灰白的布幕，在磚造高塔之間撐出一面三角形，這面布幕看起來又像是陰沉的下雪天一般孤寂。在狂風怒吼的日子，風掀起布幕的邊緣，陰森的呼嘯聲掠過雙耳，在狂風的孔縫之間，隱約可見廣闊的藍天。

身穿大紅色貼身上衣的女子，騎在一匹糖蜜色的馬上，像是一隻身上帶著焦黑色斑的秋日蜻蜓一般不斷轉圈。馬的兩腮鼓脹，在正要縮回一口石臼形狀之時，女人紅色的腳便向天空倒豎，衣服腰上的可愛花紋，越往腳尖就變得越細。同時，倒立在馬背上以下顎支撐的臉上，也被擠出扭曲的表情——馬匹不斷繞圈，在鋪滿柔軟木屑的地面上，向前奔馳的身影越來越小；當馬的雙頰停止鼓脹，地上只有如石臼般的影子。

01 原標題〈ヒッポドローム〉（Hippodrome，古希臘文「馬道」），本來專指建立於西元二世紀末期的君士坦丁堡（Constantinople）賽馬場。後來許多名為 Hippodrome 的場地都是賽馬場，但本文指馬戲團表演場地。紐約大馬戲團劇場（New York Hippodrome Theater）是當時最具代表性的馬戲團表演場地，興建於一九〇五年，在大眾娛樂被電影取代後沒落，並於一九三九年拆除。

離奇的是，紅衣女子的身影，在像一副小小的剪影畫一樣搖曳之同時，倏忽失去蹤跡。緊接著出現一個穿著暗色緊身衣，有著蝙蝠般灰褐色雙眸的女子，在鋼索上飄然滑動。她手上撐著酸漿果實般朱紅的陽傘，展現帶著龜殼般光澤的薔薇色肌膚，如同豉甲蟲在水面上滑行般迴旋，映出奇妙的水藍色影子。說來似乎微不足道，但在她走完鋼索那一瞬間露出的一抹微笑，又像是一種美好的安排。而這名異國女子胸口的鼓動，更像一朵名符其實優雅的花朵，胸衣上的珠寶裝飾，也隨著胸口起伏閃爍著黃綠色光芒。

最後她併攏兩膝屈身席地而坐，習慣性地咬著手帕一角，對我露出一副像是剛從鬼門關繞一圈回來的表情，我心中卻有一點不高興。明明是一定要展現的技巧，卻帶著出人們不想看到的不甘願，她朝地上啐了一口唾沫。但又馬上露出一個純真忘機，在賣藝人臉上時常可見的迷糊笑容，我就放心了。

再等一下，我就可以見到瑪帖妮了。這名俄羅斯女子在場的時候，我即使看得再仔細，都很難說明白她美在什麼地方。她的臉色並不白皙，雙眸看起來也不美。但是她包覆在色如暗夜的貼身上衣下的柔軟肉體，我並不只因為她一直在空中飛舞才喜歡她，就只是單純的喜歡而已。當她從樂團下方布簾跑出的那一剎那……就是她以右腳隨著音樂打著拍子，小碎步飛奔進場的那一刻開始，我便已喜歡她了。

……只要我晚上輾轉難眠的時候，總是想著她爬上鞦韆時而倒吊時而旋轉，有時出其不意地輕盈著地的畫面，我也得以在不知不覺中入睡。飄浮在空中的感覺，就好像掠過羽毛一樣一直誘惑著我，讓我身體越來越輕，把遠在天邊的睡意一點一點地喚來。瑪帖妮將我遙不可及的睡意完全轉變為現實，所以這可能也是我喜歡她的原因。她突然出現在遠方盪過來的鞦韆上，隨著激昂的起伏，朝著倒掛在另一座鞦韆上男人的雙臂飛去。而這些動作，都在一分鐘不到的時間完成。

那一天瑪帖妮穿著一件藍綠色的薄上衣，頸項與腰間纏著白色布條。與藍綠色上衣相比，我更喜歡她穿黑色的衣服。從她身上可以窺見毫無間隙的隆起與堆積帶來的肉感，整體上帶著一種宛若油水一滴一滴從表面滑落的的滑順感。除了德國品種鯉常見的生意盎然渾圓外型以外，還有一種蜥蜴特有的靈活體態。瑪帖妮與另兩位年輕的俄羅斯人在空中交替飛舞著，她是三人之中動作最笨拙的一位。

她抓著鞦韆鐵桿時，右手手心朝內，左手一樣向外，兩臂交叉成X形。她抓的鐵桿，離地大約四間[02]有餘的高度。她抓著鐵桿，像油水滴落一般平順地將腳尖往前併攏。身子往前彈出、往後彎曲的同時，鞦韆已經高到讓她臉朝下的位置，這時她也朝向眼前緩慢擺盪的男人兩臂飛去。就在吐一口氣的瞬間，她離開鐵桿緊抓住男人兩臂，棚架會產生激烈的搖晃，鞦韆也差點就要飛到棚頂。她再用朝內的手抓住鞦韆，在身體靠近方才離開的鞦韆時，一個空翻馬上跳回高台。這一天，當她彎曲靈巧的身體，併攏雙腳飄浮在白茫茫的布幕下，也就是應該抓住男人兩臂的時候，卻因為錯過了對方的動作，而以同樣優雅飄浮的姿態墜落。即使下面張羅一面大網子，應該也沒什麼大礙才對……

然而我要說的是她從鞦韆上跳躍失敗，從空中墜落到網子過程中動作的俐落。當人浮在空中的時候，像花朵一樣重的身體會變得不靈活；而在她直線墜落的同時，我看著她身上不斷變動的線條，又不只是區區的曲線，更像是緩慢流動的水波般美好。在掉在繩網上的瞬間，瑪帖妮又利用繩網的彈性立起身來。自然地描繪出圓弧的身體，就像一顆橡皮球一樣反彈。挑戰失敗的她紅著臉，回到高台再次挑戰。我就是喜歡看瑪帖妮屢敗屢戰的樣

02 約七點二公尺。

子，既沒有賣藝人的傲慢，也沒有假裝沒問題的表情，宛若帝俄時代少女身上某種溫文儒雅、和藹可親並且穩重的樣貌。我最後看著她豐盈的軀體，像是一隻蜥蜴一樣重新爬回鞦韆，再像一朵黑百合一樣轉身，並全神貫注飛向剛才失敗的鞦韆，不由得發出讚嘆。當她離開原來鞦韆的那一刻，靈活的腳尖弓起在空中擺動之時，真像是嬌豔欲滴的花朵。

另一天，她穿著大紅色的緊身衣，身上綁著綠色緞帶，像是一個親切的鬼怪，並發出「嘿！」一聲吆喝。她從頭到腳散發出一股銳利的英氣，就像秋日陽光下的辣椒一樣鮮豔，動作如雕刻般銳利，在瞬間散發出熠熠光輝。在這個揮舞著紅色線條，非同小可的溫柔鬼怪面前，我只能像一隻小小的金花蟲一樣目不轉睛。又一個晚上，瑪帖妮又穿著耀眼的純白色服裝，泛著一抹微紅的臉上帶著哀怨的表情，出現在我的眼前。她離開鞦韆著地時，她撥開糖蜜色的髮梢，以習慣性的哀怨表情，上氣不接下氣但緩緩地退回樂團下厚重粗糙的布簾後，或許是因為夜晚的關係，那一瞬間殘存在我心中的印象，卻充滿悲憐與卑微。純白的身影就像置身白色的夢境，又好像滑行在空中，讓我有好幾次忍不住跑去他們陰暗的後台偷看——某晚，她的胴體在電燈照耀下一覽無遺，以賣藝人而言過於醒目，曝露出悽慘不忍卒睹的美感。所以當我在一個晴朗午後，在和煦陽光下第三次看到她穿著碧藍色衣服時，甚至感到一種說不出的悲傷。這種悲傷並非源自對於馬戲團這種概念，而出自那名女子的生活樣態。這種悲傷似乎讓我們看表演的觀眾感同身受，卻又是截然不同的生活，是我們用手指尖碰觸不到，只能徒呼負負的悲哀。如果世人稱這種感覺是戀愛，並且深入追尋的話，我必毫不猶豫地承認，因為想看同一人的表演而屢屢出入馬戲團表演的，說來可笑，也只有我一人而已。

我的另一個幻想：她在我睡不著的時候，身體飛舞在不同鞦韆之間的姿態，正一次比一次激烈。我常常在伸手不見五指的臥房裡閉上眼睛，想像著瑪帖妮在空中移動的樣子。她兩手離開鐵桿，抓住下一根鐵桿的瞬間，我會有一種失神飄浮在空間中，隨著她俐落的身段逐漸進入夢境的感覺。我上了床必須要花兩個鐘頭才能入睡，但兩小時中間我總是不斷往來於空間之中，想像著令人失神的空中飛越瞬間，並進入奇妙的睡眠之中。有時候我也會不自覺地失手，從鞦韆上墜落。這時候就如同許多人曾有的經驗，整個人就像是置身下降的電梯車廂頭重腳輕，呼吸也帶著一股停滯的陰冷，帶著一種不悅感，從睡夢中驚醒。

又一天，在那座喧鬧的公園裡，仔細端詳著那五彩繽紛的小屋，端詳著褪成紅褐色的塔尖之間的如陰沉下雪天的大布幕鋪出的落寞屋頂，端詳著那些在出入口招徠客人的俄羅斯人凹陷的眼窩、金色的鬍鬚與日晒的肌膚，才想到他們都是從俄羅斯逃出來的難民，對於他們哀怨印象，又感到心有戚戚焉。只要有人開始彈奏手上的吉他與曼陀林，親子五人便開始有一搭沒一搭地跳起舞來。即使他們的日語都對答如流，像孩子牙牙學語的發音又帶著孤寂感。連續三天觀看演出的我，不斷看著他們例行地搬運各種道具、拉緊鋼索、清掃木屑，帶著倦意的身影，又為他們的處境感到難過。在瑪帖妮還沒出場的時候，我卻為了耗去太多忙裡偷閒的時間，對自己的愚蠢行徑感到害羞，又怕會在觀眾席被認識的人遇到，而感到忐忑不安。眼前那些本來應該讓我目不轉睛，預期隨時會發生危險的特技，卻因為逐漸記得結果如何，而變成司空見慣的表演。他們已經習慣那些刺激，能夠熟練地完成一連串看似賣命的高難度動作，於是我也就習慣了這些演出項目。但我就是不明白，為什麼在瑪帖妮空中拋接的時候，我卻會忘記先前的那些不安，一直保持驚奇的心情呢？看著眼前的萬紫千紅，我不禁冒出冷汗，也神往著花叢的香氣。用這種樸拙的方式寫下來，我可能會挨讀者的罵，但是那總是讓我魂牽夢縈的空中飛人特技，整個重現了夢中的畫面，我只能祈求自己能永遠留在那場美夢之中。但是眼前如夢似幻的場面，又如此酷似我的夢境。當她爬上高台抓住鞦韆的時候，我也像是置身同樣的高台上，想像著她今天也從事如同昨天一樣的危險動作，舞動著穿著深蝙蝠灰色衣服的肢體。這種美感與優雅的姿態，讓我想起早年觀賞安妮特・凱樂曼[03]主演《美人魚》[04]時得到的感動。然而應該說空中飛舞的她屬於人魚，還是身段同樣柔軟輕巧的禽鳥？不，兩種都不是。她就像是羅普斯[05]版畫中煤煙染黑竹帚般的新月照耀的窗邊，那在龜甲色肌膚上反射著油光的深夜，從頭到腳穿著黑衣的女子，唯獨身上呈現著一種鳥類淋濕翅膀，羽毛縮在一起的色澤。

後來我只要在場內看到頭昏腦脹，就會從布幕一角離場，在拴著駱駝的小屋外牆邊稍作歇息。黃雀羽毛般黯黃的乾草，堆得像駱駝一樣高。一旁面帶深深哀傷表情的駱駝，背

03 安妮特・凱樂曼（Annette Kellerman，西元一八八六至一九七五年）：澳洲游泳國手，第一位在銀幕上全裸的默片女星，主演電影也以游泳題材為主。名列好萊塢星光大道與國際游泳名人堂。
04《美人魚》（The Mermaid，西元一九一一年）：號稱第一部穿著美人魚戲服下水游泳的默片，片長約十分鐘。
05 費利西安・羅普斯（Félicien Rops，西元一八三三至一八九八年）比利時版畫家，曾為查理・波特萊爾（Charles-Pierre Baudelaire，西元一八二一至一八六七年）等作家的文字作品繪製封面插圖。

上隆起兩具駝峰。我不經意地看著那頭似乎很老的駱駝，以一貫的張口動作，一口一口咀嚼應該沒什麼滋味的乾草。就像只顧啄食小米的小鳥，這頭一直咀嚼糧草的駱駝，在我看來應該也很寂寞。因為如果那頭駱駝只能時時盯著那堆乾草看，仔細一想，駱駝可能也會有受不了的時候。我覺得一直盯著自己可以吃到明天的食物，帶來的感覺有只有寂寞而已。

而且，那巨大布幕的白色山麓，也因為這頭駱駝的出現，更加觸動我的內心——在我駐足布幕外的當下，剛剛在彈吉他的俄羅斯男孩，正汗流浹背地練習著鐵馬雜技。外國小孩特有的白皙額頭上留下的汗滴，看起來也如此潔淨，閃耀著美好的光輝。當我再度拉開厚重的布幕回到場內，又看到那穿著緋紅色羊毛衫，在馬背上紋風不動的女子不斷前進，令人目眩的火圈之間，揮舞皮鞭的聲音如煙火般響亮。一個紅色身影快速接近，以為已經走遠，其實已經在我眼中拖曳出一條發著光的紅色綵帶。緊接著那批看起來病懨懨的瘦馬像一口石臼般碩大的頭，也拖著不像鼠毛灰的黯淡影子，在我眼前不遠處停下腳步。這匹馬的影子同樣觸動我的內心，瘦馬喘了幾口氣，我趁機端詳了牠有如石臼的影子。穿著緋紅色羊毛衫的女子，突然從陰影中竄出，我驚訝地抬起頭來，看著女子穿著紅色褲管的雙腳矗立在我的面前，透過她的雙腳，我又看到對面的觀眾席，坐著一個帶著孩子的女人，似乎在吃著一種看起來像年糕的食物，可能是因為距離太遠，她的身子看起來又好似照片一樣蜷縮成一團。

發表日——西元一九二二（大正十一）年九月／《新小說》雜誌第二十七年第十號

背景摘要——本短篇發表當年，他在中央公論社發表小說〈幼年時代〉與〈對性覺醒的時期〉（性に目覚める頃），成為邀約不斷的當紅作家。以作品發表當時而言，這支馬戲團在日本表演，正好可以免於列寧布爾什維克的掃蕩。原篇名〈ヒッポドローム〉（Hippodrome，希臘文「馬道」）本專指東羅馬帝國建立於西元二世紀末期的君士坦丁堡（Constantinople）賽馬場。後來許多名為 Hippodrome 的場地都是賽馬場，但本文指馬戲團表演場地。

青花——小說——谷崎潤一郎

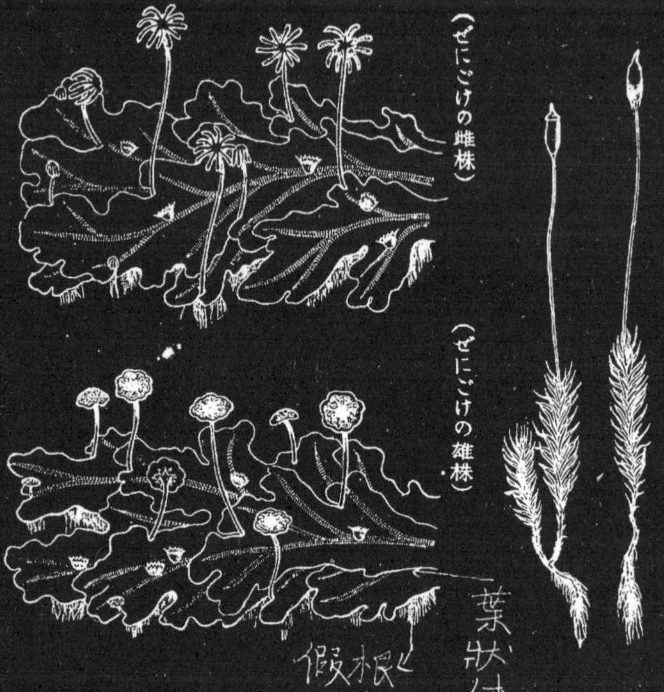

（すぎごけ）

（ぜにごけの雌株）

（ぜにごけの雄株）

多くの緑色の粒がある。この粒は小さい芽であつて、離れて落ちてから成長してぜにごけになる。ぜにごけには雄株と雌株とあつて、どちらも傘のやうなものを生ずる雄株の傘の縁はほとんど圓くて、雌株の傘の縁は深く切れこんでゐる。雌株の傘には胞子を生じて、これで繁殖する。

ぜにごけに似たこけも種類がすくなくない。どれでも日蔭の

青花

「你這陣子看起來又變得更瘦一點了，是怎麼了？臉色看起來也不很好——」

剛才在尾張町十字路口遇到的朋友T這樣問，岡田便想起自己昨天晚上與阿具里[01]在一起的樣子，走起路來感到更加疲憊。T應該不至於完全不在意那件事吧？——與阿具里那女人之間的關係，現在想來更為心寒，因為兩人昨晚在銀座大道走在一起，這已經是不足為奇的事了——但是個性神經質卻又虛榮的岡田，聽到那一句話，又受到不小的打擊。這一陣子，只要是遇見他的人，都會說他「變瘦了」——事實上，這一年來他變瘦的程度，已經到了怵目驚心的程度。尤其這半年間看見自己身上還相當具有光澤的肌肉與脂肪，一個月一個月地像是被割下來一樣地衰減。正要想辦法的時候，才發現這種跡象一天比一天明顯。每天洗好了澡，他開始看著鏡中的全身，觀察身上的肌肉衰退的情形，不過最近

01「阿具里」日文讀音 Aguri 與英文「醜」Ugly 或「同意」Agree 相近。

發現自己開始害怕看到鏡中的自己了。以前——其實沒有多久，距今大約兩三年前，他的身材常常被人說具有女性的感覺。當他與朋友一起去澡堂泡澡，本來還會自誇「怎麼樣？看起來是不是有那麼一點像女孩子呢？你們可別想歪了喔！」——尤其是腰身以下最像女人。他的雙臀隆起，雪白渾圓如十八九歲姑娘，他攬鏡自照並且愛撫，不斷感到陶醉出神。從大腿到小腿的曲線肥到覺得醜，能把自己這雙肥得像豬一樣的醜陋腳腿，與阿具里浸泡在同一浴缸，並且與她的雙腳互相對照，對他而言是件賞心悅目的事。當時剛滿十五歲的阿具里，具有像西洋人一般清爽簡潔的曲線，再與他自己像是牛肉鍋店女服務生一樣的腳腿相比，看起來就會更美，阿具里高興，自己也高興。她總是在他仰臥的時候，俏皮地踩在他的大腿上，像在碾壓肉團一樣踩著，跨越著，坐著——然而現在卻變成如此不堪，瘦可見骨的一雙腳。膝蓋與腳踝的關節本來像折曲的長條年糕一樣，在彎折處露出可愛的酒窩，但不知何時開始，開始看得到礙眼的骨頭在皮下蠢蠢欲動。血管也像蚯蚓一樣扭曲。兩邊屁股越來越扁平，只要一坐在堅硬物體的表面，就會有一種兩塊木板碰撞的感覺。但到了最近這陣子，雖然還無法直接看到肋骨的形狀，底下一枚一枚的突起變得更清楚，從胃的上端到喉頭之間，已經隱隱透出一種令人作嘔的感覺，原來人體的構造是這樣來的。本來以為可以大吃特吃的肚子，也逐漸消瘦下去，照這種速度瘦下去，不多久可能連胃袋的形狀都看得到。在腳以外，另一個看起來「像女人似的」部位就是手——說來就是臂彎連女人看了都忍不住讚美，連自己都陶醉到唱出「我的手伸出去，就像海邊的鴿鳥飛向遠方」，雖然被女人嘲笑，但現在就算是用恭維的角度，看起來還是像女人一樣——不，一點也不像是男人的臂彎。與其說是人類的手臂，不如說是斷了的木棒，像兩根鉛筆下垂在胴體的兩側。縱使是骨頭與骨頭之間的凹陷，也全部失去肌肉，少了脂肪，到底會再瘦到何種程度呢？——瘦成這種地步，還能作息如常，是一件不可思議的事，既感到謝天謝地，也感到渾身顫慄——光想到這裡，他的神經便緊張到超過負荷，突然頭暈目眩起來，就像是後腦勺悶悶地失去感覺，直接往後倒下一樣的感覺，膝蓋頭也隨之彎曲——當然不只是感覺上，雖然應該是神經緊張帶來的錯覺，這些似乎又是長久以來嘗遍歡場上各種聲色犬馬的報應——和糖尿病也有關係，但那也是報應之一——他十分明白這些事實。現在就算再嘆息，也於事無補，不過可恨的是這報應來得出乎意料之快，更何況在他最具本錢的肉體上，發生的偏偏不是內臟的疾病，而是外型上的改變。明明年紀只有三十好幾，還沒有到這麼衰弱的時候……想著想著，他不禁捶胸頓足，欲哭無淚。

「等等，等等——那個戒指上的不是海藍寶石嗎？你說呢？跟我不是很配嗎？」

……阿具里突然停下腳步，碰了他的衣袖，一直盯著櫥窗裡看。「跟我不是很配嗎？」說著說著她把手背湊近岡田的鼻尖，伸出五根手指再握拳——五月午後的陽光，整片照耀在銀座大道上，也照在她的手上，可能因為如此，她的手就像是出娘胎以來從未碰觸過比鋼琴鍵盤更硬物體一樣柔軟而纖細，今天看起來還帶有閃亮的光澤。他想到過去到支那遊玩，在南京的妓院遠眺著妓生把手指靠在桌面上的情景，美麗的小手就像溫室的花朵般綻放，雖然他覺得世界上最具有纖細美感的，就是支那婦女的手，但是這少女的手卻比那些手又大了一點，而又多了一絲真實感。如果支那妓院那些玉手是溫室的花朵，眼前的少女玉手就是野生的嫩草，真實感又比支那婦女的雙手更加令人感到親近。如果這纖纖玉指可以像早春花[02]一樣種在小小的花盆裡，會有多麼可愛呀……

02早春花（原文為「福壽草」）：側金盞花屬多年生草本植物，主要分布於西伯利亞、中國東北、日韓等地，成株可長至四十公分，於早春寒冷時期開花，花朵三至四公分，亞洲種以黃花為主，歐洲以紅花為主。

「怎麼樣？跟我不是很配嗎？」

說著說著，她把手靠在櫥窗前的欄杆，像舞者一樣拍打出聲，又像是把剛才說的海藍寶石都忘了一樣，一直盯著自己的手看。

「……」

岡田忘了剛才自己回答了什麼。他也與阿具里看著相同的地方——頭也自然而然地偏向這隻美麗的玉手，滿腦子都是幻想……回想起來，他與這雙玉手朝夕相處，也已經過了兩三年——充滿感情的骨肉散開而成的枝枒——在掌心像一團黏土般翻玩，像懷爐一樣塞進被窩裡，塞進嘴裡含著，塞到手臂底下，夾在下巴底下賞玩，但相對於他自己與日俱增的年紀，這雙手的外觀卻神奇地一天比一天年輕。當初她還才十四五歲的時候，皮膚看起來泛黃萎縮，滿布細細的皺紋，如今皮膚看起來卻吹彈可破，雪白光滑而乾燥；即使外面再怎麼冷，皮膚透出的肌理，都散發出一種連黃金戒指都相形失色的油亮光澤……天真無邪的手，像孩子般稚嫩的手，像嬰兒般孱弱卻又像蕩婦般婀娜多姿的手……啊，這雙手是如此的年輕，從過往至今追尋的歡樂不斷，自己卻不知何故衰退成這樣呢？自己光是看到這雙手，就會受到刺激聯想到各式各樣的密室遊戲，腦海也不斷因為那毒辣的刺激而感到一陣一陣的刺痛……只要一凝視這雙手，岡田便逐漸覺得眼前的已經不再是區區的手……白天——熙來攘往的銀座街頭，這十八歲少女裸體的一部分——光是那雙手曝露在光天化日之下……肩膀也那樣曝露出來，軀體也曝露出來……肚腩也曝露出來……臀部……雙腳……這些部位一個一個都以可怕的樣貌浮現。不只眼睛可以見到，還帶著一種大約十三、四貫[03]肉塊的重量感……岡田突然感到一陣天旋地轉，失神差點往後倒下……真是可悲呀——岡田的妄想突然消失……踉蹌地捶胸頓足……

「你可以去橫濱買給我嗎？」

「好呀。」

他回答的時候，兩人便往新橋方向走去——然後前往橫濱。

今天會買很多東西，阿具里一定會很高興的。山下町有亞瑟與龐德[04]、廉恩・克勞

03一貫等於三點七五公斤。十四貫為五十二點五公斤。

04亞瑟與龐德（Arthur & Bond）：西元一八八九年在橫濱創業的英商藝品店，一九二三年毀於關東大地震。

福[05]、那個叫什麼名字的印度人開的珠寶店、支那人開的洋裝店，只要去橫濱，一定找得到妳合穿的衣服。妳是帶著異國風情的美人，不適合穿大部分日本人明明花了很多錢，穿起來卻十分無聊的日本風服裝。看看人家西洋人與支那人，不需要花太多錢，就可明白強調臉部輪廓與膚色的穿著方式。從今以後，妳也應該這樣做——阿具里聽了整天看起來都很開心。看著她走在路上，就會想著她現在穿著的法蘭絨和服底下，在初夏的炎熱中流著溫暖的汗水，靜靜喘息中的白色肌膚——肌肉像幼馬一樣清晰可見的手腳，終於脫下「不相襯」的和服，耳朵戴上耳環，頸項上戴起項鍊，穿上絲絹或麻布之類若隱若現的寬鬆上衣，腳上穿著華奢的高跟鞋，步履分明地走著……幻想著她作大街上西洋人打扮的樣子。當那樣的西洋人靠近，她就會不斷盯著他們看，並且不斷咄咄逼人地巴著岡田問：「你覺得這副項鍊怎麼樣？那頂帽子怎麼樣？」岡田也有一樣的心境，在岡田眼中的西洋婦女，看起來全都像是穿著洋裝的阿具里……看起來一定想買這個，也想買那個……但是一直沒有出手購買的心情，該怎麼辦呢？接著又要與阿具里一起進行有趣的遊戲了。今天天氣晴

05廉恩・克勞福（Lane Crawford）：西元一八五〇年於香港成立的英式百貨店「連卡佛」，在上海租界稱為「泰興公司」，一九〇〇年代於日本神戶與橫濱設立分店。

朗，和風煦煦，五月的天空下不論身在何處都令人神清氣爽。「蛾眉青黛紅巾沓」……讓她穿上輕薄的新衣，穿上所謂的紅巾鞋，打扮得像是一隻可愛的小鳥，一起搭乘火車去尋找祕密的居所。可以是視野寬闊，海天一色的岸邊別墅小陽台，也可以是溫泉地可以透過玻璃窗窺見樹梢嫩葉反射陽光的一間小廂房，或是外國人區一間絲毫不起眼的幽暗西式酒店。在那些地方開始玩我們的遊戲，是自己長久以來的夢想——只為了這件事情而活——有趣的遊戲現在就要開始……這時，她已經像一頭豹子一樣橫躺著……就像一頭帶著項鍊與耳環的豹子一樣橫躺著……一頭從小被人馴養，充分理解主人喜好的豹子，身上的精悍與敏捷又屢屢讓主人為之退避三舍……到處嬉鬧、伸手亂抓亂撲、跳來跳去……最後把獵物撕咬得四分五裂，深及骨髓……多麼激烈的遊戲呀！他一想到這裡，他的靈魂便被帶入狂喜的狀態。他激動到全身顫抖。突然一陣天旋地轉，他陷入暈眩又不省人事……他覺得自己說不定就此以三十五歲的年紀，倒在來往人潮中死去……

「唉呀，你就這樣死了嗎？真是沒辦法呀。」

‧‧‧阿具里看到一具屍體倒在腳邊，呆若木雞——在屍體上方是午後二點的豔陽，讓削瘦臉龐突顯的顴骨窟窿，形成深邃的陰影——就算會死，也多給個半天時間，可以去橫濱買點什麼……阿具里的表情變得不開心，嘖了一聲……盡可能不要碰這麻煩事，但又不可能置之不理……但是這具屍體的口袋裡，裝著幾百圓的現金。這筆錢都會變成我的——即使能多說一兩個字當遺言也好——這男人像個傻瓜似地沉溺在對我的愛中，如果我從他口袋拿出那些錢，買自己喜歡的物品，並且愛上自己喜歡的男人，他也不會恨我。他知道我是個多情的女子，光是原諒我勾搭其他男人，應該也會很高興的——阿具里一邊安慰著自己，一邊拿出口袋裡的錢。就算他死後會化作厲鬼也不可怕了，他的幽靈現身，一定也會聽我的吧？因為一切應該都會如我預料……

「等等，這位幽靈，我用你的錢買了這麼漂亮的戒指，也買了這麼漂亮的蕾絲襯裡裙，還有你看，（說著說著便掀起裙腳）你最喜歡的腳上——你看我這雙美麗的腳，這雙白色的絲綢襪，膝蓋上縫著粉紅色絲帶的吊襪帶，全部都是用你的錢買來的。為什麼我的品味不能更高？為什麼我就不能像天使一樣美好？即使你已經死了，我也能成為你夢寐以求的形象，穿上適合自己的衣服，在這個世界上輕盈地走走跳跳。我很開心，我真的很開心，你為我付出，如果你還活著，一定也會為我感到開心吧？你的夢在我的身上實現，變成這麼美的我，活生生地在你面前……幽靈呀幽靈，迷戀著我卻無法四處遊蕩的幽靈，給我一個笑容吧！」

說著說著，她死命抓起這具冰冷的屍骸，像枯木一般的皮包骨被擠壓出聲，她抱住時也放聲大哭：「我受不了了，對不起呀！」如果不接受這樣的誘惑，接下來她還會拿出其他辦法。皮開肉綻，鮮血潺潺流出，把玩緊密曲折的骨頭，直到一根一根散開。如果肉體被把玩到如此地步，幽靈應該也不會抱怨吧？……

「怎麼了？你在想什麼嗎？」

「唔……沒事。」岡田的嘴支支吾吾。

兩人這樣快樂地並肩走著——沒有其他事比這更快樂，自己的心卻無法與她的互相契合。悲觀的聯想不斷湧上心頭，連遊興的「遊」字都還來不及說出口，自己的身體便已經累到動彈不得。我到底是在緊張什麼？根本不是什麼大不了的事，這種天氣就應該出去晒太陽，如此一來心情也能平復——即使如此安慰著自己，身體的反應卻不是神經緊張的錯覺，而是真正的四肢無力，走起路來腰椎更是嘎吱嘎吱作響。即使這種疼痛有時會帶來甜美的回憶，有時候嚴重到這種程度，反而帶來某種不幸的預感。是不是自身的痼疾，已經在不知不覺之間侵犯全身的組織了呢？自己縱容自己的疾病不管，會不會就此一直輕飄飄地走著，直到倒下為止？一旦自己倒下，會不會就此在病榻上動彈不得？——唉呀，如果身體虛弱到這種地步，不如早點一病不起算了，最好可以直接躺在軟綿綿的床墊上好好地睡覺。依照現在的狀況，自己是不是已經不健康到應該要求一張病床了呢？醫師看到了，會不會嚇一跳，說「不行，不行，你身體病成這樣，往外跑會更糟糕，你會頭昏眼花也是當然，必須在病床上好好休養」阻止我呢？——想到這裡，心裡便更加愕然，走起路來也更猶豫不決。銀座大道的鋪石路——在身體健康的時候，在這條石子路上大步走著，心中有著說不出的愉快，鋪滿堅硬圓石的地面，隨著每一個腳步透過皮鞋，一聲一聲腳步從腳趾直接傳到頭頂。緊緊依附著腳底皮肉形狀的紅色方頭鞋，帶來一股駭人的寒酸氣。洋服本來應該是英俊挺拔的男人在穿的服飾，一個衰弱的軀體實在支撐不起來。腰、肩膀、胳肢窩、脖子……因為所有的關節都被金屬環、鈕扣、橡膠、鞣皮兩層三層地固定住，所以有一種扛著十字架走路的感覺。除此之外，還穿了襯衫與西裝褲，再用吊褲帶把褲頭緊緊地扣在骨盆上端高度，並且掛在兩肩上……領子上還束著硬梆梆的襯領片與正式的領帶，並以領針固定住。以一個肥胖者而言，像這樣用各種服裝配件緊緊包覆住，隨時都可能會像皮球一樣爆開，那也就算了，一個瘦弱的人，同樣禁不起這樣的折磨。一想到要穿上這樣的盛裝，就會因為十分厭煩而容易覺得四肢無力，呼吸也上氣不接下氣。就是因為穿洋服出門，才必須用這種方法走路——但是，寸步難行的身軀卻硬是被固定在一面板子上，四肢銬在手銬腳鐐之中，假使被後面的人號令「再往前一點。打起精神來，別倒下！」的話，不論板子上面的是誰，一定都會忍不住想哭吧……

岡田走著走著，越來越難以忍受，想像著自己發狂大哭不成人形的樣子……到剛才為止，還帶著一個妙齡少女，在如此晴朗的天氣下，穿著適合出遊的輕便服裝，走在銀座大道的中年紳士——這個看起來就像小姐叔父的男人，突然口歪眼斜，像個孩子一樣「哇！」一聲哭出來！「阿具里，阿具里！我快要走不動了！可不可以揹我？」只能駐足在擁擠的人潮中，央求著她。「幹嘛呀！搞什麼！別在這裡跟我玩這套！大家都在看你呢！」阿具里突然火冒三丈，像個可怕阿姨一樣盯著看——她應該對於他的失去理智，沒有絲毫反應吧？——在她看來，他哭喪著臉的樣子已經不足為奇了。雖然在大庭廣眾下是第一次，兩人共處一室的時候，他卻總是像這樣大哭——「這男人真是個傻子，不管發生什麼事都會在大庭廣眾下大哭，如果這麼想哭，晚點再哭不就得了。」她一定會這樣覺得吧？「噓！安靜點！可以停下來嗎？這樣很不好的。」——然而，不論如何岡田都很難停止哭泣，最後蜷曲起身子，把襯領片與領帶全部粗暴地往旁邊一扔，繼續大哭大鬧。等到他鬧到筋疲力竭，便氣喘吁吁地癱倒在地上。「我走不動了……我是個病人……快把我身上的西服脫下來，給我穿上柔軟的衣服吧！不要管別人怎麼樣了，在這邊鋪一張床給我睡吧！」他一半清醒一半譫妄地說著。阿具里霎時無言以對，兩頰也羞紅如火——周遭已經被人山人海團團圍住，光天化日下想逃也逃不掉。這時候巡警也趕到現場——阿具里在眾人環視之中被警察質詢——「那女的是什麼來頭？」「看來像個大小姐。」「好像不是。」「唱歌劇的女演員吧？」旁人們交頭接耳——「這位先生，你還好吧？不要躺在這裡，可以起來嗎？」巡警像是訓斥一個瘋子一樣，有氣無力地說。「不要，不要！我是病人！怎麼爬得起來？」岡田一邊搖頭一邊啜泣——

這樣的場面，清楚地映照在他的眼底。事實上自己在低聲啜泣的時候，這樣的畫面就會栩栩如生地湧上心頭……

「爹……爹……」

不知從何處傳來一陣一陣與阿具里完全不同，稚嫩可愛的聲音。一個今年五歲，裹著厚厚手染平紋布和服的小女孩兒，天真無邪地伸出手來向他打招呼。後面又站著一個頭髮盤起，看起來像女孩母親的身影……「照子，照子，妳的爹爹在這裡唷……咦？阿咲[06]？妳也在這裡嗎？」他看見已在兩三年前去世母親的容顏……想要對母親說些什麼，但她的形影實在太遠，就像隔著一重重雲煙……他依稀可以看出她舉止猶豫不決，像是傾吐著什麼悲傷的往事，臉上還掛著兩行熱淚……

別在想那些悲傷的事了：不管是母親、阿咲、孩子還是死亡——光是想一件往事，就有這麼多悲傷湧上心頭，到底是怎麼回事呢？是不是因為自己體弱多病的關係？兩三年前身體還硬朗的時候，悲從中來的時候還不至於誇張到這種境地，如今心情只要一悲傷起來，

06「笑」的異體字。

連生理上都會跟著疲勞起來，體內血管的血液也逐漸偏執地沉澱起來。當那種偏執被淫欲煽動時，身體就會變得越來越沉重……他走在五月豔陽下的街上，兩眼已經看不見外界的一切事物，雙耳也已經聽不見任何聲音，一顆心只有不斷固執陰鬱地深入內部世界。

「如果你買東西還剩下一點錢，可不可以買一隻手錶給我？——」

阿具里那樣說著——兩人剛好走到新橋車站前，她一定是看到大時鐘，才想到的吧？

「如果我們去上海的話，一定找得到不錯的手錶吧？如果你能買給我就好了。」

岡田一聽到，幻想的翅膀又把他帶到支那——在蘇州閶門[07]外，船夫持棹划著一艘美麗的畫舫，順著運河航向遠方的虎丘塔[08]——船上有兩個年輕人，像是一對鴛鴦般相依而坐——曾幾何時，他與阿具里已經化身成為支那的紳士與妓生——

他愛著阿具里嗎？岡田一聽到，當然馬上回答「對」。但是當他思考阿具里這個存在的時候，整個腦海卻都變成一間四面垂著漆黑天鵝絨簾幕的暗室，就像魔術師喜歡使用的

07 閶門：閶字音同「昌」。位於蘇州市姑蘇區，興建於春秋時期，原為吳國闔閭大城八門之一。西元一九三四年改建，一九五八年大躍進時期拆除，現存城門為二〇〇六年比照一九三四年樣貌重建而成。

08 虎丘塔：「吳中第一名勝」虎丘地標「雲岩寺塔」，興建於五代十國後周王國時期（十世紀中期），塔高七層，明帝國時期出現顯著傾斜，成為「中國第一斜塔」。

戲台一樣——暗室的正中間，豎立著一座大理石雕刻的裸女像。石像的「女子」藍本到底是不是阿具里，他並不清楚，但是他心裡覺得就是阿具里無誤。至少那座石像雕琢的「女子」，必須是他愛的阿具里，而不是別人——腦海中的必須是那座雕像——讓他能存活在這個世界上的人，正是阿具里。正在山下町洋人街上與他並肩走著的她——可以透過她身上緊緊包覆的法蘭絨和服，看著她的原型，在心中描繪著和服下的「女子」雕像。優雅婉約的鑿痕，一記一記地浮現在他的心頭。今天也將用各式各樣的寶石、項鍊、絲綢妝點這座雕像。想要把她身上毫不相襯的和服脫下，為這顯露出原形的「女子」身上各個部位的彎曲之處增添光輝與厚度，形成生意盎然的波浪與凹凸有致的起伏，臂彎、腿彎、肩頸——為了能凸顯頸項的曲線美感，應該讓她穿上洋裝。這時，為了心愛女性肢體而購買洋貨，不就成為一件夢寐以求的樂趣了嗎？

夢——散步在這條洋樓林立，人煙稀少的寂靜街道上，沿途瀏覽店家的櫥窗，會覺得像夢一樣也不意外。這裡不像銀座大街一樣俗豔擾人，林蔭大道上即使在白天也令人神清氣爽；那些聳立著灰色厚牆的高樓裡，彷彿有人居住都顯得相當稀罕，只有櫥窗的玻璃像魚眼睛一樣閃爍著光芒，並映照著藍天。儘管是區區的一條街，置身其中卻像漫步在博物館的長廊。夾道兩側玻璃櫥窗中陳列的商品，也綻放著奇特的幽玄色澤，千嬌百媚一如幻想中的海底花園。ALL KINDS OF JAPANESE FINE ARTS: PAINTINGS, PORCELAINS, BRONZE STATUES……一面骨董行的招牌吸引了他的目光。MAN CHANG DRESS MAKER FOR LADIES AND GENTLEMEN……這個標語看來，應該是支那人開的服飾店吧？……JAMES BERGMAN JEWELLERY……RINGS, EARRINGS, NECKLACES……也有這樣的看板。E & B Co. FOREIGN DRY GOODS AND GROCERIES……LADY'S UNDERWEARS……DRAPERIES, TAPESTRIES, EMBROIDERIES……這些字發出的響聲，乍聽就像鋼琴音色一樣厚重而美麗……從東京搭電車出發，只需一個鐘頭的時間，感覺上卻像是到了非常遙遠的地方……就算有想買的商品，只要看到大門寂然深掩的店面，難免會猶豫要不要推門進去。銀座一帶的商店才不會發生這種情形，但是不是因為這些店是專門服務外國人的關係——這條街上的櫥窗，只是冷冷地把商品陳列在櫥窗後，見不到那種「快來買吧！」的親切感。在幽暗的店內也不見店員忙進忙出的蹤影，架上陳列琳瑯滿目的商品，也像是佛壇一樣沉重而陰鬱——然而，如此一來也讓店內的商品，充滿了不可思議的蠱惑魅力。

阿具里與他在這條街道上來回繞了幾遍。他的身上藏著錢，她的衣服底下藏著白皙的肌膚。鞋店、帽子店、珠寶店、雜貨店、皮草店、布莊……只要出得了錢，從那些店買來的商品都可以緊緊貼在她的雪白肌膚上，滑順地依附著她的四肢，成為她肉體的一部分——西洋女人的衣裳並不是「穿在身上的物件」，而是覆蓋在皮膚上的第二層皮膚。不是從外面包住身體，而是直接附著並滲入皮膚的一種紋身——他想著想著，視線所及之處，每一個櫥窗的裝飾，看起來都像是阿具里的皮膚，皮膚上的細小斑點、微微的血滴。她從那些商品中挑出自己喜歡的皮膚片段，並且貼附在自己的某塊皮膚上，將會更為美好。如果妳買了翡翠耳環，就可以想像自己的耳朵長出美麗的綠色瘤瘡。如果妳穿上那間皮草店櫥窗裡的松鼠裘大衣，就可以想像自己成為一頭毛皮像天鵝絨一樣柔滑的野獸。如果妳買了那間雜貨店掛著的青瓷色襪子，就表示妳穿上那雙襪子的時候，妳的腳上就長出絲綢布的皮膚，被底下的血管流著的血溫暖。穿上琺瑯光澤的鞋子，妳的柔嫩腳踝就會像上了亮光漆一樣閃耀。可愛的阿具里呀！那些商品都是與妳這名「女子」雕像完全吻合的蛻變痕跡，都是妳原型的片段。就算是蛻變留下的青綠色皮、紫色的皮、紅色的皮，都曾是妳身體的一部分。那裡正販售著「妳」的部位。每一個蛻變留下的皮，都存等待妳靈魂的歸來……妳明明已經有這麼美好的「一己之物」，又為什麼要用那麼厚重的法蘭絨和服把身體團團裹住？

「喔……原來是這位小姐要穿的呀？……想要哪一種款式？」

從店內暗處走出來的日本人掌櫃，一邊說著一邊上下打量著阿具里的身體。兩人這時身在一間量身訂做的仕女成衣店。兩人盡量挑外觀小而美，容易進去的店家，這家店的內部裝潢雖說不上氣派，狹窄的店內兩側卻都設有玻璃展示櫃，櫃裡掛著許多件賞心悅目的服飾。不論是上衣或是裙子——「女人的胸部」、「女人的腰部」——抬頭一看，都整整齊齊掛在衣架上。除此之外，店裡還陳列著襯裙、內襯衣、長襪、束腰，以及各種蕾絲帶。衣服的布料摸起來均相當柔軟，比實際女人的肌膚更柔軟，分別是條紋分明縮緬布[09]、羽

09 縮緬：一種質地柔軟的真絲縐織布料，用於和服。

二重[10]、繻子織[11]等光滑冰冷的布料。阿具里一想起自己穿上這些布料剪裁而成的衣服，就會變得像西洋娃娃一樣，也會被掌櫃上下打量，就會變得羞澀含蓄，不像她原來活潑快樂的樣子，同時眼神卻「我要這個，也要那個」地閃爍著。

「我還不知道哪一個比較好……幫我看看要選哪一種呢？」

她想避開掌櫃的眼光，躲到岡田背後，迷惘地對他悄聲說道。

「如果您來到本店，相信每一件衣服都適合您的。」

掌櫃說完，就拿起看似麻布質地的白色上衣。

「您看怎麼樣？請拿這件衣服比比看——那邊有一面鏡子。」

阿具里走到鏡子前，把那件白色的洋裝抵在頷下。這時她突然露出小孩在不高興時的鬱悶表情，抬眼看著鏡子。

「那麼，是不是該換這件試試看呢——」

「好，就試試這件。」

10羽二重：日本最具代表性的絲綢布料，名稱來自布面以兩道經線與兩道緯線交織而成。用於最高級的和服內裡。

11繻子織：布面由五道經線與五道緯線交織而成，較不耐用。

「這件看起來好像不是麻布呢，是什麼質料呢？」

「這是巴里紗[12]，穿起來清爽又舒服——」

「多少錢？」

「這件呀——我想想看——」

掌櫃回頭向後門大喊：「喂！這件巴里紗的衣服要賣多少錢？——什麼？四十五圓？」

「我希望你們可以幫我把衣服改得更合身，不知道今天來不來得及？」

「啥？今天？明天要船要出發嗎？」

「不是的，雖然不是搭船，總之很急就是了。」

「喂！老闆，怎麼樣？——」

掌櫃又往後門大喊。

「客人說今天就想要改好，可以改嗎？——可以改的話就改吧！」

這男人一開口聽起來很莽撞，像是個粗野的傢伙，實際上卻是親切的掌櫃，似乎為人

12巴里紗（Cotton Voile）：以棉花織成的輕薄透明紗。

也隨和。

「那麼我們會馬上幫您處理，不過最少也需要兩個小時的時間。」

「沒有問題，我們會順便買帽子與鞋子，在這裡換上。因為我頭一次穿洋服，對洋服一竅不通，洋服裡面要穿哪些衣服呢？」

「您放心！您需要的我們店裡一應俱全——這個穿在最裡面（掌櫃說著說著就從玻璃櫥裡迅速抽出一條絲綢護胸布），上面穿上這個，下面套上這個與這個。這種搭配方法也是有的，但這樣一來這邊並沒有開口，穿起來就沒辦法小便，西洋人也是只要一穿上這種衣服，就盡量不小便了。因為這種衣服不方便，就沒有現在這件來得方便了。這件衣服在這裡裝了扣子，您看，只要解開這裡的扣子，就可以好好小便了……這件內襯衣八圓，這條襯裙大概六圓，與傳統服裝比起來都是便宜貨，但是這些內衣都是用漂亮的羽二重布做的……現在要為您量尺寸，請到這邊來。」

掌櫃隔著一層法蘭絨布，丈量著底下原型的曲度與長度。一條皮革捲尺纏繞著她的手臂與小腿，測量著她肉體的起伏與形貌。

「這個女的可以賣多少錢呢？……」

掌櫃會不會這樣說呢？自己是不是正處在奴隸市場呢？是不是正在把阿具里當成貨品，論斤計兩在估價呢？——岡田突然產生那種感覺。

傍晚六點整，他與阿具里提著從附近店鋪買來的紫水晶耳環、珍珠項鍊、鞋子帽子的各種包裝，回到那家女裝店。

「歡迎回來，看起來你們找到喜歡的東西呢。」

掌櫃以相當親切的語氣說道。

「衣服全部都改好了，更衣室在那邊——請進去換穿看看。」

改好的衣服——手上拿著像雪一樣柔軟的衣服，岡田跟在阿具里的後頭，進入布簾裡。

在落地鏡前，她雖然一樣面帶難色，仍然靜靜地解開身上的腰帶結——

……岡田心目中的「女子」雕像就豎立在那裡。他以顫抖的手，將輕盈的絲綢衣緊貼在她的肌膚上，同時扣上每一顆鈕扣，鉤上裙鉤，綁上絲帶，在雕像的四周不斷打轉。這時阿具里的臉上突然湧現喜悅的神情，發出活潑的笑聲……岡田又開始覺得天旋地轉……

發　表　日——西元一九二二（大正十一）年

背景摘要——主角岡田與壞女孩阿具里在西元一九二〇年代的銀座，走在洋樓林立、人煙罕至的舶來品街「山下町」的各種遭遇，可能只是景泰藍或骨瓷盤上的青綠色花瓣圖案，門外不出的妄想，一種自問自答的記錄。但可以想見谷崎在寫作本文時，圖文資料堆積如山的壯觀場面。平成新本格推理作家歌野晶午在匿名網路小說《電車男》轟動的時候，發行一部推理小說《女王陛下與我》（女王様と私，西元二〇〇五年），主角與他的「女王」在東京展開的一連串冒險，彷彿本短篇的男女主角穿越時空。

刺青——小說——谷崎潤一郎

呼吸であつて、成長の盛な部、またいてい呼吸も盛である。葉のやうに葉綠素のある部　えず呼吸してゐるけれども晝の間は炭酸ガスを取つて酸素を出す働の方が呼吸よりも盛である。

刺青

第九　莖と根との成長する方向

よく濕つた空氣の中で、若い莖と根とを水平にして置いても莖を下に向け根　けて置いても、莖と根とはだん／＼に曲つて、莖の　「根の先は下に向く。これは莖には上方に向いて成　があつて、根には下方に向いて成長

刺青

那是一個人們還保有「愚」這種高貴品德，世間也不像現今如此激烈傾軋的時代。那個時代的老爺與公子們還能保持氣定神閒的表情，成為女僕或頭牌藝旦取之不盡的談笑話題；世道令人感到舒服，連那些像是茶坊主[01]或幫間[02]之類耍弄嘴皮子過活的差事，也成為一種出人頭地的行業。女定九郎[03]、女自雷也[04]、女鳴神[05]在當年，不論是戲台上還

01 茶坊主：各藩專門負責幫武家準備茶事的內務職，最早出現在十四世紀室町幕府。原來由出家人兼任，故得「坊主（和尚）」稱謂，但後來的專職人員未必具有僧籍。原文的「お茶坊主」也可以指攀附權貴者。

02 幫間：在宴席上陪客人聊天助興的場地陪侍，又稱「抬太鼓者（太鼓持ち）」。

03 定九郎：著名歌舞伎劇目《假名手本忠臣藏》（西元一七四八年）角色，劫財害命的浪人。

04 自雷也：又稱自來也、地雷也、兒雷也，西元十九世紀初大眾讀本與淨琉璃傀儡戲、歌舞伎的義賊或忍者角色，一說源自宋代某盜賊得手後，在家屋牆上留下的字跡「我來也」。一九七〇年代前期，台語廣播主持人張宗榮引用「自來也」諧音，創造出華視古裝劇主角「錢來也」。

05 鳴神：即雷神，同名歌舞伎為歌舞伎宗家市川家精選十八大劇目「歌舞伎十八番」之一。御用大祭司「鳴神上人」在劇中製造大旱，被朝廷以美人計破解，當場大發雷霆。※以上定九郎、自雷也、鳴神三個角色在當時的某些歌舞伎演目之中，刻意由男性旦角以女性身段扮演；讀本則直接以歌舞伎或男性名字形容女性角色的心狠手辣。

是草雙紙[06]上，所有美女都是強者，醜女都是弱者。人人爭相追求美感到了最後，就是將上天賦予的身體當成畫布，加上五顏六色。那些豪勇壯烈，或是華麗絢爛的線條與色彩，也因此活躍在人們的肌膚上。

在馬道[07]上來來去去的客倌，都找了身上有漂亮刺青的轎夫幫他們抬轎，連吉原[08]、辰巳[09]的女人們，也迷戀起身上有好看刺青的男客。在賭客或造屋工人身上已經司空見慣，現在連城裡的居民，甚至少部分武士都開始刺青。在兩國[10]時常舉行的刺青會上，參加者紛紛拍打自己身上的刺青，互相品頭論足，誇獎奇特的圖案作工。

06草雙紙：「草」指文章不登大雅之堂，「雙紙」為起源於十七世紀後期的裝訂方式之一，內容原本是以假名寫成的兒童圖畫故事書，後來隨著尺寸規格的統合與印刷技術的進步，發展成為成人向大眾話本，後來又專指合訂本「合卷」的小說作品，內容包括歷史、滑稽、風月、志怪、俠義等類型，隨著明治時期報章雜誌發達而消失，但也為日本大眾文學奠定基礎。

07馬道：從淺草寺「二天門」通往遊廓集中區的主要街道。早年曾是僧兵從淺草寺前往馬場必經之路線。

08吉原：位於東京都台東區，現名千束四丁目。從十七世紀的「遊廓」到二戰結束美國統治期間，都是日本最大的性產業集散地「赤線」。在「風俗營業法」條文修正後，娼館大多被「旅館」或「泡泡浴室（ソープランド Soap-Land，原來的『土耳其浴』トルコ風呂）」取代。

09辰巳：位於東京都皇居東南方位深川（現江東區），江戶時代曾是私娼寮集中處。「辰巳藝者」為了與京都祇園舞妓或江戶吉原的藝妓分庭抗禮，而偏好巾幗不讓鬚眉的豪爽風格，被視為江戶人「粋（いき，又寫作『意氣』）」美學的象徵之一。

10兩國：東京都墨田區兩國橋一帶，尤其指淨土宗佛寺「回向院」。幕府為弔祭西元一六五七年「明曆大火」罹難者，在此興建回向院，一八三三年起舉行慰靈相撲。一九〇九年，大相撲專用場館「兩國國技館」啟用，除相撲之外亦舉辦其他展演活動。現存國技館為第三代建築，於一九八三年落成。

有一位彫工一流的年輕刺青師傅叫做清吉。相傳他的手藝與淺草的滑稽阿文、松島町的奴平或狐狸次郎等師傅相比毫不遜色，幾十人的皮膚在他的畫筆[11]下，都成為縱橫揮灑的薄綢畫布。在刺青會上博得各方好評的刺青之中，有許多都出自其手。達摩阿金以工於渲墨刺著稱，蔓紋權太被譽為朱刺[12]高手，清吉則是以出奇制勝的構圖與妖豔的線條出名。

清吉原來嚮往豐國國貞[13]的風範，想靠當浮世繪師過生活，結果卻淪落風塵成為刺青師，然而依舊保有浮世繪師的良心與敏銳感知。如果客人沒有能讓他心動的皮膚與骨架，他也懶得動手。就算有人上門請他下針，一切構圖與費用完全由他決定，還必須花上一兩個月的時間，慢慢忍受針尖帶來的痛苦折磨。

在這位年輕刺青師傅的心裡，暗藏著不為人知的樂趣與心願。當他以手上的針來回穿刺客人的皮膚時，鮮血從腫脹皮肉沁出時，大部分的男人只要忍不住疼痛，就會發出痛苦

11原文。刺青先以畫筆上色後才刺穿皮膚。
12朱刺：以硃砂（硫化汞調和物）著色的紋身。
13豐國國貞：江戶末期浮世繪師歌川豐國（西元一七六九至一八二五年）的弟子國貞（西元一七八六至一八六四年，第三代豐國）。

呻吟；當他們叫得越淒厲，卻會讓他產生一種妙不可言的快感。尤其是刺青技法中被認為最痛的朱刺與渲墨刺——是他更愛好的兩種手法。一天平均要戳上五、六百回，那些為了讓顏色好看，還特別去泡過熱水澡才上門的客人，全都半死不活地倒在清吉的腳下，痛到動彈不得。看著眼前不忍卒睹的慘狀，清吉總是低著頭冷冷地問他們：「客倌，您看來應該很痛吧？」

並且愉快地笑著。

至於沒種的男人，就如同承受臨終痛苦一般地咬著牙歪著嘴，發出不堪哀號，這時他就會說：「你也是江戶男兒，就忍一忍吧！——因為清吉我的彫針，扎起來特別痛。」

他冷眼斜看著噙著淚的男人側臉，毫不猶豫地上下戳著。只要有挨得了痛的客倌，鼓起一身勇氣讓他刺，連眉頭都不皺的時候，他就會笑著回應：「哼哼，看不出你這麼能忍呀——不過等著看吧，接下來要慢慢開始痛了，你一定會痛到招架不住的。」

同時露出雪白的牙齒。

他多年來的心願，就是得到一個美女，在她散發光輝的皮膚上刺入自己的靈魂。在女性的資質與容貌上，他列出了各種條件。徒具美貌與好看的肌膚，還無法讓他滿意。找遍全江戶大小花街的名妓，要從中找出符合感覺的觸感與韻味，並不是一件容易的事。在心中描繪那未曾謀面的身影，並且暗自空等了三年四年，他仍然不放棄內心的渴望。

恰好進入第四年夏天的某個黃昏，當他經過深川的料理屋「平清」門前，發現停在門口的轎子門簾後，有一雙女人白皙的赤腳。從他銳利眼中看到的人腳，有著像人臉一樣複雜的表情。對他而言，這雙女人的腳就像是高貴皮肉中的寶玉。從拇趾到小趾五隻並排的纖細線條，色澤媲美繪之島[14]海邊撿到的淺胭脂色貝殼之趾甲，腳踝渾圓如同珍珠，滑嫩到疑似在清冽岩石湧泉中不斷清洗而成的皮膚。這正是以男人們的鮮血滋養，並且踐踏男人屍骸的那雙腳。擁有這雙腳的女人，就是他多年求之不得，女人中的女人。清吉按捺著雀躍不已的心情，追著那座轎子，只為一睹轎中人的面貌，但追了大約兩三町[15]距離，轎子卻已不見蹤影。

14繪之島：①神奈川縣藤澤市的陸連島「江之島」，江戶時期近海漁業興盛。②廣島縣面瀨戶內海的一座無人島。本處指①。

15町：日本舊制長度單位，一町約等於一〇九點〇九公尺。

清吉的思慕轉變成激昂的愛意，那一年也進入尾聲；進入第五年，在春意也開始出現老態的某天早上，他在深川[16]佐賀町的住所，口叼散頭牙籤[17]，看著焦斑淡竹沿廊上的萬年青花盆，發現院子後門外面好像有人影靠近，一個沒見過的小姑娘從矮籬笆外走了過來。

那是清吉常光顧的辰巳藝妓派來的差使。

「我家阿姐叫我把這件羽織[18]親手交給老闆，請老闆在衣服襯裡畫一些花樣……」

姑娘打開薑黃色包袱，拿出一件用印有像是岩井杜若[19]肖像的薄紙包裝羽織，以及一張信紙。

信上說明了她希望清吉在羽織上揮毫，後面又說明這次派來的姑娘，最近在歡場上將以我師妹的形式出勤，希望清吉念在多年情分，好好照顧這位姑娘。

「本來以為以前沒見過妳，回想起來妳前陣子是不是也來過這裡呢？」

16深川：東京都江東區地名，原本是捕魚郎的宿舍，在兩國橋落成後迅速發展成料理屋聚集地與花街。
17散頭牙籤（房楊枝）：前端壓扁成掃帚狀的牙籤，類似牙刷。
18羽織：和服的半身外褂。
19岩井杜若：歌舞伎一代名旦第五代岩井半四郎（西元一七七六至一八四七年）在把名號傳承給長子之後使用的藝名。「杜若（燕子花）」為創作俳句時使用的俳名。

清吉一邊問，一邊上下打量著眼前的姑娘。她看起來差不多十六、七歲的年紀，面神卻出奇地如同長年在花街柳巷玩弄數十名男人靈魂的老手一樣妖嬈。在這個不斷吸引全國罪惡與財富的都城之中，幾十年前的無數俊男美女，歷經生死流轉製造數量如夢似幻的生命，才產生這等國色天香之姿。

「妳在去年六月左右，是不是坐轎子從平清離開呢？」

清吉同時請姑娘坐到簷廊邊，把她的腳擱在鋪著「備後表[20]」的箱子上，以便仔細端詳她雪白細緻的雙腳。

「對，當時爹爹還在，常常去平清光顧。」

姑娘聽到奇怪的提問，一邊笑一邊回答。

「光是這一天，就足足讓我等妳等了五年。今天第一次見到妳的臉，不過對妳的腳，我卻有很深的印象——我有好東西想讓妳看，請進來坐。」

清吉牽起本來打算先回去的姑娘之手，帶她上二樓起居間欣賞窗外大川[21]的風景之

20備後表：備後國（廣島縣東部）生產的最高級草蓆墊。
21大川：隅田川從大川橋（吾妻橋）以下的統稱。

後，拿出兩卷畫，在姑娘面前打開其中一幅。

那是一幅描繪古代的暴君紂王的寵妃末喜[22]的畫。妃子承受不住鑲嵌在金冠上那些琉璃珊瑚的重量，身體孱弱地倚靠在欄杆上，綾羅綢緞的衣裳垂到台階中間，右手的大酒盃往外傾斜；據說這是她眺望庭前男人被獻祭的姿態，畫中連手腳被鐵鍊綁住，在妃子前閉目俯首，等待最後命運男人臉上的神情，都描繪得淋漓盡致。

姑娘盯著這幅詭異的畫看了好一陣子，不知不覺之中，她的兩眼發出光輝，雙唇也不住顫抖。離奇的是她的面容也漸漸變成了妃子的樣子。姑娘從畫中找到了真正的「自我」。

「這幅畫反映了妳的內心。」

清吉發出爽朗笑聲，並且盯著姑娘的臉看。

「為什麼要給我看這麼可怕的東西？」

姑娘鐵青著臉，抬頭問他。

「畫中的女子就是妳！妳的身體裡應該就混著她的血！」

他又攤開另一卷畫。

22末喜：「妲己」之誤。相傳末喜是夏亡國君主桀之正室，亦作妹（音同「莫」）喜。

這幅畫名為〈肥料〉。畫面的正中央是一個妙齡女子倚靠在櫻花樹幹上，腳下踩著眾多男性的屍骨。小鳥群聚飛舞在女子身邊唱著凱歌，遏抑不住的驕矜與歡樂的顏色，也填滿女子的眼眸。那是鏖戰過後的景象，還是春滿花園的景象？被逼著看這幅畫的姑娘，開始覺得正在探索自己，以及自己心底潛伏的不明之物。

「這幅畫就是妳未來的景象。底下那些死人，全都是今後為妳送命的人。」

說著說著，清吉就指著與姑娘臉孔一模一樣的女子。

「拜託您，請趕快把那個畫收起來！」

姑娘看似亟欲躲避眼前的誘惑，突然轉身俯臥在榻榻米上，嘴唇又隨即顫抖起來。

「老闆，我就老實說了。就如同老闆所見，我正有畫裡女生的個性——所以，請放我一馬，把那些畫收起來吧！」

「不要再說自己怕了，再仔細看看這幅畫。現在就算再怕，等一下也就沒事了吧？」

清吉說的時候，臉上露出惡意的笑容。

然而那姑娘堅決不把頭抬起來，以白襯衣的袖子遮住自己的臉，趴在榻榻米上一動也不動。

「老闆，請放我走！在您旁邊，我好害怕。」

她反覆說了好幾次。

「先等一下，我要讓妳成為國色天香。」

說著說著，清吉若無其事地靠近姑娘身邊。在他的衣服裡，藏著以前荷蘭郎中給的麻醉藥瓶。

豔陽下的河面閃閃發亮，照得八張榻榻米大的起居間像是要燒起來一樣。水面反射的陽光照在姑娘昏睡的臉上，也在紙門上映照出金色的波紋。在隔間之中手拿刺青器具的清吉，一時之間呆坐原地，臉上露出恍惚的神情。等一下他就可以仔細品賞女性的身體之美。面對靜止不動的臉，即使在這一間軒室中靜坐個十年百年，他也不會感到厭煩。清吉就如同遠古的孟菲斯百姓，以金字塔與人面獅身像點綴埃及莊嚴的天與地一般，以自己的愛慕之意，裝飾在清淨的真人皮膚之上。

不多久，他就將左手小指、無名指與拇指間的畫筆筆尖貼在姑娘背上，以右手上的排針下刺。年輕的刺青師傅，將自己的靈魂溶入墨汁，並且滲入她的皮膚之中。每一滴混著燒酒刺入皮膚的琉球朱，都是他生命的精髓，他在其中看到了自己靈魂的顏色。

不知不覺就過了中午，和煦的春日也逐漸變暗，但清吉的手未曾停歇，姑娘也未曾醒來。姑娘遲遲未歸，清吉對上門探視的跟班說：「那位姑娘已經先回去了！」

並把對方打發走。當月亮高掛至對岸的土州屋敷[23]上空，月光像夢一樣照耀在大川沿岸住屋的起居間之時，刺青還畫不到一半，清吉專心點亮蠟燭。

對他而言，即使是一滴著色，也絕非易如反掌之技。每一次下針與拔針，他都會深深吐氣，感覺就像在刺自己的心。刺痕慢慢開始形成巨大女郎蜘蛛[24]的樣貌，當天色慢慢地出現魚肚白，這頭不可思議的魔性動物，已經伸出八隻大腳，盤踞著整個背部。

春天的夜色在不絕於耳的船櫓欸乃聲中變成黎明，一艘白色帆船依著拂曉的風順流而

23土州屋敷：土佐（四國高知縣）藩主山內家在江戶城的宅邸。

24女郎蜘蛛：日本傳說的妖怪，又稱「絡新婦」，最早出現在狩野派畫家鳥山石燕（西元一七一二至一七八八年）的畫集《畫圖百鬼夜行》（西元一七七六年），並出現於十九世紀的怪談故事書中。實際的絡新婦又稱橫帶人面蜘蛛。

下，帆頂映著朝霞的顏色，遠處中洲、箱崎、靈岸島[25]住宅的屋瓦也開始閃閃發光的同時，清吉終於放下手上的畫筆，凝視著姑娘背上的蜘蛛刺青。這幅刺青就是他人生的一切。完成這件工作之後，他的內心感到空虛。

兩道人影靜止了一段時間。低沉嘶啞的呻吟，響遍房間的四壁。

「我為了讓妳成為真正的美女，在刺青上注入了我的靈魂。從今以後，全日本已經沒有其他女人贏得過妳。妳已經不再像之前那麼膽小了。只要是男人，都會變成妳的肥料……」

似乎是回應這句話，姑娘的嘴裡發出了輕如游絲的呻吟。她緩緩地恢復知覺，每一次深呼吸，每一次用力吐氣，都讓身上的蜘蛛腳像有生命一般蠕動起來。

「妳的身體被蜘蛛緊緊抱住，一定很難受吧？」

聽到清吉這麼一說，她才微微張開失去意識的眼睛。她的雙眸就像星月生輝般漸漸發光，照在男人的臉上。

「老闆，請快點讓我看我背上的刺青吧！您用性命刺的圖，應該讓我變得更漂亮才對

25中洲、箱崎、靈岸島：隅田川沿岸町名。

吧！」

姑娘的話聽起來還像夢話，但語氣中暗藏著銳利的力道。

「別急，接著要去浴間讓顏色固定，到時候會很痛，妳就忍一忍吧。」

清吉探頭到姑娘耳邊，輕聲細語安慰她。

「只要能變得更漂亮，我說什麼都會忍住。」

姑娘憋著身上的疼痛，露出強顏歡笑。

「啊！熱水泡到傷口好疼呀！……可不可以請老闆先別理我，去樓上等我就好？我可不想讓男人看到自己這麼可悲的樣子。」

姑娘離開浴間顧不得擦拭自己的身體，把清吉伸過去的手支開，承受不住身上的劇痛，倒在浴間沖洗身體的棧板上，發出惡夢般的痛苦呻吟。長髮狂亂地披散在臉上。背後的一面鏡台，照出兩隻雪白的腳底板。

她與昨天判若兩人的態度，讓清吉大大吃驚，但他仍然遵照她的要求，獨自在二樓慢慢等著，過了大約半個時辰，她垂著剛洗好的頭髮，穿好衣服上了二樓。她的兩眉舒展，完全看不出疼痛的樣子，慵懶地靠著窗邊欄杆，抬頭看著朦朧的天空。

「這兩幅畫還有刺青都送妳，妳可以走了。」

清吉把畫卷擺在女人面前。「老闆！我已經完全丟掉以前膽小的樣子——你會先成為我的肥料。」

女人的瞳孔中散發出刀劍般的光芒，投射出〈肥料〉的畫面。她的耳邊響起了凱歌的旋律。

「在妳回去之前，可不可以再讓我看一下妳身上的刺青？」

清吉問。

女人默默點頭，褪下身上的衣服。朝陽照在刺青的表面，女人的背上熠熠生輝。

發表日——西元一九一〇（明治四十三）年十一月／《新思潮》雜誌

背景摘要——本短篇最早發表在同人誌《新思潮》（二代）上，時間是大正天皇繼位的前一年，背景是江戶時代末期，論及與本選集主打的大正浪漫之間的關係，相當密切。谷崎對於女性肌膚，尤其腳與腿的偏執，在本篇中已經展露無遺。他在晚年成為美國文理科學院的名譽會員，還是因為他作品裡對於陰影中角色心思的細微描寫，連法國哲學家米歇爾・傅科（Michel Foucault，西元一九二六至一九八四年）都不禁盛讚《陰翳禮讚》（西元一九三三至三四年）的美學境界。

第八　植物の呼吸

密閉した器の中で種子を發芽させてから、その器に蠟燭のを入れると、火はすぐ消える。しかし乾いた種子を入れて置た器では、このやうなことはない。これは發芽した種子は乾た種子と違つて、絶えず空氣中から酸素を取つて炭酸ガス出すからである。花を器に密閉して置いても、花が空氣中か

貞操比道德更珍貴——雜文——與謝野晶子

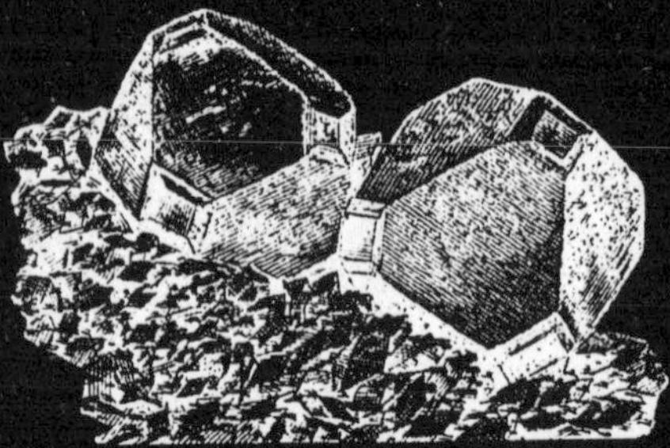

方鉛鑛

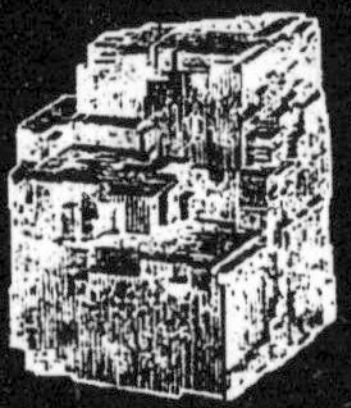

方鉛鑛のへきかい

石と共に産する。銀は元素のままで産することもある。

鉛の主な鑛石は鉛と硫黄とから出來てゐる方鉛鑛である。灰色で、強い光澤があつて、軟くて、重い。普通、結晶になつて産する。これを打つと、容易に割れて直方體の小片になる。このやうに鑛物が一定の面に沿つて割れる性質をへきかいといふ。方鉛鑛には銀を含んでゐるものがあつて、これから銀も取れる。

亞鉛の主な鑛石は亞鉛と硫黄とから出來てゐる閃亞鉛鑛である。黑色か又は茶色で

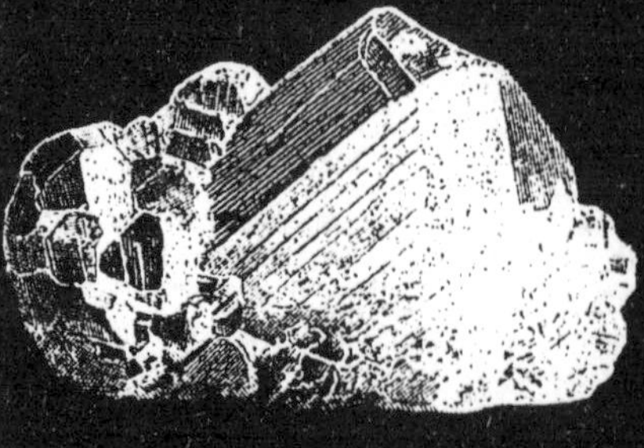

閃亞鉛鑛

貞操比道德更為珍貴

為宣揚個人對貞操的無上重視，並有意把貞操放在最確實堅固的基礎上，我以此文為記。

今年探討貞操變成一件社會問題，不僅是女性貞操，連男性貞操都開始有人議論。有志者認真探討此事固然可喜，然而我們是否可以單從道德層面維持貞操，並非容易解答之課題，需要經過不斷討論才能慎重決定。所以個人認為不應再以舊時代道德名義，沿襲既有道德而不假新的解釋，並強加於他人身上，如此絕非一件好事。我們對於貞操道德，確確實實地感到幾個疑點。

我們都渴望實現一個脫離各種虛偽、各種壓迫、各種不公平、各種不幸，並且達到最為真實、最為自由、最為正確且最為幸福的生活。為求理想成真，我們除了以這些實際感受為一切問題解決之基礎而奮鬥，別無其他方法。

即使貞操對於過去的人們帶來好處，卻已無法滿足我們現今的情意需求，無法合乎我們的生活規律，如果要從外部強制以符合規範，即為透過虛情假意打壓我們，是故我們排斥這種蠻橫的道德，且必須致力於制定一個適合我們的全新道德。

道德的制定基於我們的日常生活，我們即將不再需要，當道德逐漸侵害我們的生活幸福，我們更應該逐漸廢除它。如果人類依循道德生存，我們將永永遠遠成為道德的奴隸，屈從於舊時代的權威，在我們追求自由的感性思考之中是無法接受的情境。我們必須就此擺脫各種壓迫，追求從各種不合時宜的舊思想舊道德自我解放的路線，並且以此為得到生活意義的一大要件。

我們主張應該擺脫壓迫，並不表示要就此過著放浪無章的生活，只要我們有需要過著現實生活，就應該經過精明的批評與討論，以圖建立各種規則——例如新道德、新秩序——以求自制。我們對於貞操與道德抱持許許多多的疑義，如果以解決問題必須靠有識之士提出明快方法，才能讓貞操兩字成為現代被認可的道德，我們需要的則是建設真正的道德觀，以讓我們人生中的道德本性難以動搖。正因為我們有意擁護貞操，將之視為最具現代性的道德。

在此我們無意深入探究貞操的起源與歷史，因為那是可有可無的環節。我們想要探究的部分，主要是現代人對貞操的英明解釋與真誠率直的執行。

以下我將不照順序，提出個人抱持的幾個疑點——

貞操是女人才需要的道德嗎？貞操是男女都需要的道德嗎？

貞操是不論任何場合，人人都必須遵守的一種道德嗎？貞操是任何場合都能遵守得了的嗎？

人能以其人生遭遇與先天體質，決定能否遵守貞操與否嗎？即便是甲君可以遵守，乙君會發生遵守不了的情形嗎？貞操有可能強制眾人遵守嗎？

不論在何種場合都能遵守的話，又是否能保證讓人過著更為真實、更為自由、更為正確、更為幸福的日常生活呢？

如果貞操與我們的日常生活的持續與發展不相抵觸，並且能帶來好處，我們將視為新的道德型態並且抱持歡迎的態度。如果女性必須遵守，社會卻對男性遵守與否採取寬鬆的態度，這種標準就是導致日常生活破綻與失調的舊式道德，我們無法信任。

此外，如果貞操是一種無法強制規範所有人的標準，卻會因為每個人的不同處境或體質產生嚴格寬鬆的標準差異，並且要求所有人一律遵守，反而使大多數人在虛偽、壓抑、不公平與不幸的痛苦中哭泣，那麼這種標準絕對不是我們追求的新道德規範。

貞操是一種精神上的存在，是一種肉體上的存在，屬於感情，還是性關係？是兼具精神性與肉體性，所謂「靈肉一致」的存在？我們認為在區分上，至今仍然沒有明確的定義。

如果稱之為精神上的存在，就會陷入「看到其他婦女就動念，即已犯了姦淫之罪」的論證法；假使有男人看到女人，或有女人看到男人，即產生愛慕之情，就會打破精神上的貞潔，那麼即使只是一方單戀或是失戀，乃至於還沒有達到上述程度的對異性之淡淡幽情，全都變成不守貞、不純潔的事實。如此一來，在結婚之前，又有多少人能保持對任何人不抱這種不貞不純的愛慕念頭的戒律呢？

只要不是在深山離群索居的人，在這層意義上又有誰能保持貞操道德的戒律不被打破？我認為貞操如果屬於精神上的存在，就不得不追根究柢思考下去，然而道德的制裁真的能深入到內心的細微思辨嗎？

我們不需要追究得這麼深入，因為如果把貞操視為已婚男女必須遵守的道德，那麼婚前一切品行偏差，都會被從寬處置嗎？如果已經發生肉體上的關係，精神上即使相互諒解，難道就已經違反貞操道德了嗎？

世上存在著許許多多以夫妻身分繼續性關係，精神面卻已經冷淡的男女，或是不只沒有性關係，連精神上都相互憎恨，卻以夫妻身分同居的男女，他們在精神的貞操上很明顯已經出現破綻，在貞操道德的觀點上，不僅沒有人譴責他們是不守貞潔的男女，只要他們在表面上維持夫妻的生活，女方反而會被視為貞潔婦女，這又是為什麼呢？

如果貞操屬於肉體上的存在，那麼不論是男是女，都不應該再婚吧？進一步而言，如果女性的純潔被他者的暴力玷汙，或是男性抵擋不了女性的誘惑，一時發生性關係情事，男性或女性的貞操就此被破壞，是否表示一輩子都不能結婚呢？那些為了親兄弟或身家不可抗力因素而落入火坑的娼妓，是不是只能永遠扮演背德者的角色而在暗處哭泣呢？口口聲聲要保護一個異性的肉體，卻將自己的感情投向其他異性的身上也無妨，這樣的行為是否也成為一種矛盾了呢？

反之，如果把貞操視為靈肉一致的存在，以現在的社會制度而言，這種道德規範能照此方式實現嗎？結婚這種行為號稱是守護精神面與肉體面的唯一方法，只有在戀愛結婚之下才可能施行；然而隨著戀愛結婚不被允許，欠缺讓人享受戀愛自由的人格教育的當今世道，如果要把靈肉一致的貞操視為一種道德去期待，豈不就是一種緣木求魚的事嗎？

現代結婚在大多數場合下，男女的其中一方都成為一種奴隸、一種物質，處在被另一方購買的狀態。除非男人成為富有人家的乘龍快婿，女方為了得到吃穿上的保障，必須向男性從事一種賣淫行為，也成了現在結婚行為的內涵。如此說來，在結婚建立的夫妻關係之中期待貞操，不就是讓夫婦面對什麼事情都感到痛苦，強迫他們戴上虛偽面具的規範嗎？

現在即使透過生活理想價值觀的急速轉變，使戀愛結婚奇蹟似地得以普及施行的時代，可望在不久之後就到來，卻因為人的思考沒有一定方向，各種戀愛也存在著自然分解的可能。在熱戀中產生的夫妻生活，未必能長長久久，自古以來也有不少的例子可以證明。那麼戀愛結婚，想必也不可能是貞操道德的溫床。

我對於貞操所抱持的疑惑，大致上就是以上所列的幾點。

道德必須在任何場合都不產生抵觸的情形。就算再努力實踐，多少都會伴隨著痛苦，這些痛苦只要得到克服，必定也會帶來成就感。因為我們追求的未來道德，是一種能讓眾人日常生活更加真實、更加自由、更加正確、更加幸福的自制規範。所以我們在此時也贊成社會對個人強制施行。

但是即使有意徹底實踐貞操道德，貞操道德的定義也如同前面所述並不明確，如果以曖昧的解釋去實踐，必定產生許多矛盾，所以不可能貫徹施行。

不論是再婚者，或是曾經有過兩三次性經驗的人，甚至是曾經擔任過見不得人行業的婦女，如果有意對當今的良人（丈夫）獻上自己的情意，就必須考量到對方過去與其他異性的戀愛與性關係，因為這些關係在夫妻生活另一方的主觀認定上，並不構成損害現在貞操的條件；至於婚前曾經有過零星性關係的女性，不論是被異性有意誘惑，或是遭受暴力失去貞潔，甚至是自願行為，到現在仍然有一股勢力在批判她們貞操的汙點。

同時如果將婚前已經有過性經驗的男方視為不守貞潔，所有的提問在道德上都不成立，還會被視為無知，已婚男性甚至被社會認可，得以和其他異性產生親密行為。男人不被要求自主遵守貞操道德，社會也不會強制規範他們這樣做。反之，女性一旦成為人妻，即使對良人沒有情感上的交集，只要能繼續從事親密行為，就可以成為守貞婦女，而社會價值也不斷強迫妻子們扮演守貞婦女的角色。有時候夫妻之間失去情感與性關係，妻子內心不斷蓄積虛假婚姻帶來的絕大苦悶，同時與良人同住數十年，忙碌於家務事與養兒育女，便被稱讚為守貞婦女；當女性的情感已經在其他男人身上，卻只能與自己的良人發生性關係，就能成為別人眼中的守貞妻子，現實中這樣的案例不計其數。

一般常說，貞操是女性才需要遵守的道德，男性因為生理構造的關係，可以不必遵守。這個論點是不是證明男人無法遵守的貞操，一開始就不具備人類共通的資質呢？

如果以生理構造關係而言，為什麼就沒有人會說女性不存在性衝動的危險時期呢？即使無關生理構造差異，如果男女兩情相悅不說，類似梅開二度以追求新人生的關係，妻子不需要固守處女寡婦之類的貞操，反而過著更幸福的日子，諸如此類的例子也屢見不鮮。

不論何種場合一律實踐，還會產生許多矛盾抵觸。與現實生活產生矛盾的道德規範，又憑什麼正確的立論基礎約束現代人呢？為了要彌補先天的漏洞，人們設立了許多例外，說是婚前的不守貞潔不成問題，婚後才要求靈肉兩方的貞潔；或有人主張戀愛結婚固然是理想，婚後缺乏情感的夫婦生活也是貞操的一種，並且以此強加規範於夫妻身上，那麼貞操道德的內容就是最為不純粹、不自由、最令人不安的規範，是背叛我們的生活規律，將我們導向不幸的禮教，一步也未曾離開既往道德壓抑的範圍。我們不想要這種靠曖昧規範安身立命的自主規訓。

我們對於既往定義下的婚姻行為也抱持著疑問。一個注重儀式、同住、戶籍變更等形式關係的結婚行為，能有多麼大的權威呢？以婚前婚後劃分貞操的效力，對婚前的不潔行為就不可能那樣寬貸，只要婚姻能夠繼續下去，貞操也就應該繼續保護，這種解釋也流於形式而已。

此外，直到最近，社會上許多夫妻只要結了婚就可以住在同一個屋簷下，今後可能會有更多夫妻，基於經濟條件或其他因素，選擇不入籍、不同住的型態吧？在歐洲，在每一個階級內都找得到越來越多採取這種夫妻關係的例子，屬於學者的道德論也難以制約的社會現實。在這樣的夫妻關係之下，結婚這種形式上的過程，就失去意義了。只要兩情相悅就能發展協同關係，當感情破裂就只有分道揚鑣一條路可走。這樣的社會現實，又為什麼會與貞操道德一致呢？「男與女終須成婚」的理想在動搖的同時，又拿什麼來保證貞操的永久性呢？

我過往曾經在《太陽》雜誌上發表過一篇文章，主張過自己的貞操不是道德，是興趣，是信仰，是潔癖……等內容。興趣、信仰與潔癖，都不是應該強加於他人身上的性質。所以我認為自己對貞操的絕對愛惜，就如同對藝術之美、知識之善的愛，覺得貞操的高尚之美超乎於道德——我認為可以當成一種興趣，或是信仰。如果想以道德的名義實踐貞操，只要無法解決前述的種種疑惑，並且在強制施行於不同人身上的時候，徹底證明沒有矛盾抵觸之處，我便無法得到十分的滿足。我在此重申，我為了表明尊重貞操當仁不讓的決心，特撰本文為記。

發表日——西元一九一五（大正四）年／《太陽》雜誌

背景摘要——日俄戰爭結束後，晶子開始在報章雜誌上發表評論，內容主要分成政治評論、女性自立論以及教育評論。明治四十五（西元一九一二年）年留歐期間，深受歐美思想的個人主義感動，也反對儒家的三從四德，成為文部省的心頭大患。她歌頌愛情自由的同時，也提倡女性應該多吸收各種知識，包括自然科學在內。她堅守反共產主義、反蘇聯、反馬列主義立場，「九一八」事變後卻轉向支持滿州國，寫短歌為兒子參軍出征祝福，推翻世間對她的「反戰作家」印象。如果她活到麥克阿瑟統治日本的時代，可能會被捲入更激烈的論戰。

第一次陣痛（選錄）——詩——與謝野晶子

ゐて、へきかいが著しい。

痛

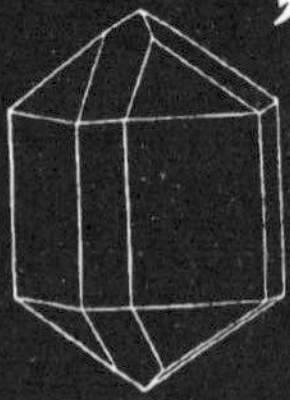

錫石

錫の鑛石は錫石であつて、酸化錫か
ゐる。黒色か又は茶色であつて、硬く
晶か又は塊になつて產する。又砂や
うになつて、川砂に混つてゐること

陣

アルミニウムの主な鑛石はボーキサイトであつて
ミニウムと水とから出來てゐる。白色のものもある
普通は赤茶色である。土のやうか塊か又は豆粒のや
て產する。

の

一

第

三十歲女人的心

三十歲女人的心是
連陰影、煙、
聲音都沒有的一團火，
是黃昏天空中
一輪火紅的太陽，
獨自在那裡徹底燃燒著。

我的愛欲

我的愛欲無止境地，
比起今日更為了明日，
塗抹著芳香的膏油，一抹再抹。
愛人，你知道嗎？
我要告訴你這分快樂。

今夜的天空

今夜的天空流著血，
不經意擾動心弦的
暴風吹著長長的笛，
那像是海中不斷搖曳的裙藻般，
投射在樹上的
蒼白似水母的
月亮正在緩慢泅泳。

亂髮

在額前，在肩上，
我披散著青絲。
猶如端坐在瀑布下……
安頓的喘息如同火般炙熱而狂野，
沒有被燒過的男人呀，
稱讚我之後，可能又會嘲笑我吧？

薄瓷花盆

在我珍愛的嶄新白瓷花盆裡，
水清澄至此令我流淚，
花在盆中也會燃燒冒火。
我害怕粗心大意的男人會摔破它，
因為這花盆比陶器更為脆弱……

發行日——西元一九二九（昭和四）年一月／《晶子詩篇全集》

背景摘要——身為新時代女性主義旗手，晶子將自己與情夫與謝野鐵幹的愛恨情仇寫成第一篇歌集《亂髮》（乱れ髪），鐵幹與原來的妻子（自己創辦的雜誌《明星》主編林瀧野）離婚後，與晶子在十七年間生了十二個小孩（五男六女，兩胎為雙胞胎，一女夭折），鐵幹從事大學教職之前收入不豐，提倡女性自主的晶子，一方面親手做家事，對子女採取放任態度，另一方面為了能讓子女就讀私校，馬不停蹄地到處接案，包括經營夫婦創辦的私立學校——日本第一間男女合班的「文化學院」——在內，直到二戰期間半身不遂並陷入昏迷為止。晶子生平眾多作品之中，以短歌與詩歌最為浪漫奔放。

非人之戀——小說——江戶川亂步

恋 の し な で 人

物を指で傾けるときに、物の重心を通つて眞下に向いてゐる直線が底面內を通つてゐる間は、物の傾くほど、重心が高くなるから、指を離すと物は元の位置にもどる。けれども物の重心を通つて眞下に向いてゐる直線が底面外に出ると、物の傾くほど、重心が低くなるから、物は自分で倒れる。

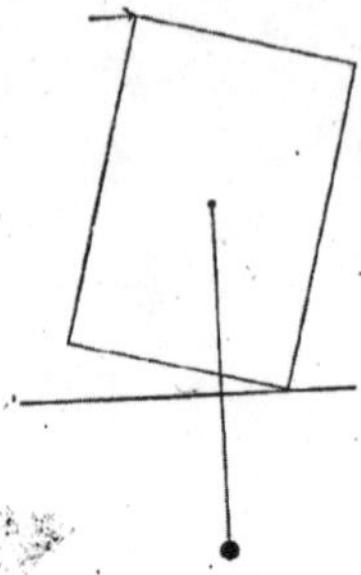

總べて物の重心を通つて眞下に向いてゐる直線が底面內を通つてゐるときは物は自分で倒れることはない。

起上小法師を傾けて指を離すと起上るのは、傾

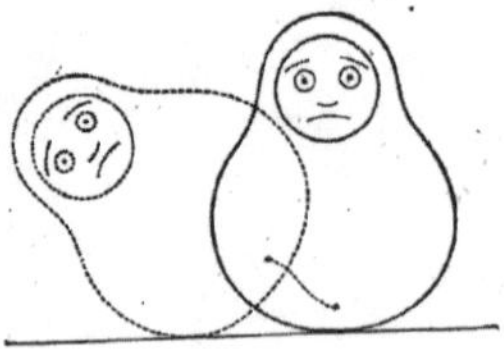

非人之戀

一

您應該知道門野吧？他是我十年前過世的丈夫。經過了這麼久，只要一提起門野，都好像是別人的事一樣，即使是那件事，都會以為是自己的一場夢。至於當年我是因為什麼緣故才嫁進門野家，當然不是出自彼此的好感，而是有媒人來向家母說媒，家母又來告訴我，我當時還是個沒見過世面的小丫頭，怎麼會懂得拒絕別人呢？到頭來當然只能一邊在榻榻米上畫一個圈，一邊點頭同意了。

但是只要想到那男人即將變成我的丈夫，事實上又和大家想的不一樣。在我們這個小鎮裡，他們的家世相當出名，雖然以前看過他幾面，依照街坊的傳聞，有人說他是個高傲的人物，有人說他長得很俊美，不過您說不定也聽說了，門野本人，唉呀不得了，是一個不折不扣的美男子，不，我不是鬼迷心竅才這樣說他。他雖然長得英俊，可能也因為他體弱多病吧，看起來就有一股陰鬱的氣息，膚色蒼白到近乎透明，就顯得更加與眾不同，更帶有一種有錢人家公子的樣子，而且在那種英俊之上，還有一種說不出的強烈感覺。正因為他是一個這麼英俊的男子，我心想他在外頭一定也有美麗的情婦，即使那女人不具姿色，像我這種長相神似阿多福[01]的醜女，只要能得到他一輩子的疼愛，而且度過重重難關，就可以從好友或家中下人嘴裡聽到關於他的各種傳聞了。

日復一日，年復一年，從不同地方聽到各式各樣的傳聞，我原本還擔心會聽到他在外面拈花惹草的流言，或是他因為據說高不可攀而惹出來的麻煩事情。他應該可以算得上是所謂的「怪人」吧？也因為他個性內向，在外頭的朋友不多，大部分時候都深居簡出，我聽到最不舒服的流言，是有人竟然說他討厭女人。如果是他為了要避開不必要的關係，才與其他女人保持距離，那樣的傳言還可以接受。當時他家派人來說媒的時候，確實也看得出他真的不喜歡女人，而我們的婚姻本來就是兩方家長決定的結果，所以與說服我的過程

01 阿多福（お多福）：日本傳統面具，小眼睛、塌鼻子、大餅臉形象。古時候原來是福相。

相比，他家要說服他，反而費了更大的工夫。尤其這些話並不是輕易聽到的傳聞，而是有誰不小心走漏風聲，所以我會知道，說不定與出嫁前的直覺，對這些傳聞特別敏感也有點關係。不，當我嫁進門之後，並沒有發現他像傳聞所說的那樣，在某件事情發生以前，我還一直以為是我直覺在作祟，讓他刻意迎合我的個性讓我不必過於緊張，也讓我感覺到些許得意。

有時他的舉動有點娘娘腔，在我眼中看來反而有些可愛。另一方面，我在內心忐忑不安的同時，他又去隔壁小鎮的吳服店物色新娘服布料，並且帶回家親手裁縫，準備好一整套裁縫工具與各種日用品，又送來昂貴的聘禮；在朋友的祝賀、羨慕，也習慣其他人冷言冷語之後，心裡害羞又難掩內心的歡喜，家中洋溢著一股幸福的氣氛，對一個十九歲的姑娘來說，就是件歡喜雀躍不已的事情。

我原本以為他會是一個個性捉摸不定，難以相處的怪人，結果他身上散發現在人家所謂身為丈夫「挺拔出眾」的氣息，卻完完全全地讓我迷上他了。而且依照他的個性，他只對我抱持著濃情密意，只保護我一個人，並對我投入所有的感情，恩愛我一生，看起來是不是也因為我心地善良的關係呢？

剛開始的時候，還覺得婚姻就像遠在天邊的事情，但區區幾天內，婚姻就像夢想一般不斷接近，天真的夢想完全被現實的恐懼取代，到了當天，迎娶的人馬就群聚來到我家門前。這批迎娶的人馬，不是我要炫耀，一條隊伍綿延十幾里路，浩浩蕩蕩地走進我們的小鎮，我上了他們準備的黃包車，心裡實在是害怕極了，就像是一頭在屠場裡待宰的羊兒。那種恐懼不只在精神方面，已經讓身體也感到刺痛，我該怎麼形容呢……

二

為什麼會變成這樣呢？總之那場婚禮像夢一樣，在不知不覺間結束，新婚的頭一兩個晚上，我輾轉難眠，公婆會是怎麼樣的人？家裡有幾個僕人？我不斷向他們鞠躬打招呼，他們也向我問好，但久而久之我還是記不清楚到底誰是誰。不久之後，我們就回到新家，我與丈夫分別坐著黃包車，看著前面黃包車上丈夫的背影，已經分不清是夢是真……唉呀，我怎麼一直在講婚禮的事呢？真是不好意思呢，都還沒說到故事重要的部分。

只要手忙腳亂的婚禮告一段落，日子就會像人家說的一樣，比較好過一點嗎？門野不只不像外面傳聞所說得那麼陰陽怪氣，還比世上的其他男人更溫柔，對我更是百依百順。我感到鬆了一口氣的同時，過去那種近乎痛苦的緊張感，就這樣無影無蹤了，我心想，人生原來可以過得這麼幸福呀？公婆兩人在我嫁進去之前，連我娘都照顧到了，他們真是親切到無微不至。更何況，門野是個獨子，沒有兄弟姊妹，成為他的妻子，可說是完全不需要為了人際關係受折磨。

門野的男子氣概，不，我不是說那個，我們回到正題吧。住在一起過生活以後，就和從遠處觀察他的個性不一樣，我生平第一次感覺到，他在這個世界上是獨一無二的，而且隨著日子一天一天過去，更加覺得他無與倫比。不，不只因為他長得英俊而已。戀愛真的是一種奇妙的事。門野與眾不同的地方，就在他即使不是怪人，也帶有一股憂鬱的氣質，每次看他都覺得他好像有什麼心事，總是一股悶悶不樂的樣子。而且如果問他有多英俊，就是在這種時候的樣子了，看起來就是一個蒼白到快要變透明一樣的美男子。他那種欲言又止的魅力，對一個十九歲的姑娘來說，根本就是一種摧殘了。

我的世界完全變了。如果說父母養育我的十九年間，是現實的世界，成婚後經歷的不幸，也只經過半年，但是這半年間我又好像活在夢裡，或是一個童話故事的世界之中。現在回想起來，說得誇張一點，就有點像浦島太郎受到公主殿下恩寵時住的龍宮世界一樣，當時我真的像浦島太郎一樣的幸福。人家常說嫁入人家很痛苦，但是我恰好相反。不，與其這樣說，更應該說在演變成那麼痛苦之前，可能就已經陷入了那件恐怖的破局了。

那半年到底是怎麼度過的，我除了說過得很幸福以外，很多小細節都已經忘了，而且和今天要說的故事無關，我想先暫時放下不說這些誇張的故事，但是門野對我百依百順，已經到了其他疼老婆的丈夫也無法模仿的地步了。當然我一直很感念他對我這麼好，還陶醉在那種感覺裡，根本沒有機會懷疑，但後來想想，門野對我實在寵愛過頭，卻又覺得有一層很可怕的含意。但我的意思並不是說寵愛過頭就是破局的源頭，他看似全心全意寵愛我，可能只是裝出來的。但他又沒有展現出想敷衍我的樣子，只要他越努力疼愛我，我就越接受，到了很久很久以後，我才發現他這些努力，背後其實有一個很可怕的理由。

三

我開始發現「有點怪」，是結婚後正好滿半年那陣子的事情。現在回想起來，當時門野寵愛我的努力，看起來似乎已經到了盡頭。在他冷淡下來的空隙之間，我又發現了他身上似乎散發出另一種魅力。

男人的愛表現出來到底會是什麼樣子，當時還是小姑娘的我，是不可能明白的。我有很長一段時間，一直相信門野那樣的愛，在所有男人的身上都可以找到，不，比任何一個男人都要強烈。但是本來我還一直那樣相信，卻慢慢地開始發現，門野的愛其實帶著某種虛假的元素，我禁不住有種不祥的預感……他的那種狂喜不過是形式上看起來的樣子，事實上他的心裡，好像在追逐某種遙不可及的事物，我感受到一種冰冷的空虛感。他和我燕好的時候，看著我的眼神深處，又像是有另一道眼神凝視著遠方。但是當時我還沒想到，這段感情從一開始全都是謊言。一定是他的心從我轉移到某個人身上吧，我不得不起了那樣的懷疑。

懷疑這種癖好，只要一出現，就會像午後的雨雲一樣，可怕地迅速發展；對方的一舉一動，任何細微的事情，都讓我心中充滿了大朵大朵的疑雲。當時他說的話，背後一定有這種意思。有時候他突然會不見蹤影，到底是上哪去了呢？只要起了疑心，不管發生了什麼事，都會無邊無際地懷疑，就像人家常說，腳下的地面突然消失，地上開了一口巨大黑洞，從此掉進無邊地獄……的那種感覺。

儘管我心裡有那麼多疑惑，還是抓不住任何證據，只能在心裡懷疑。門野說他要出門，都一下子就回來，我大致上也都知道他會去什麼地方。我查遍他的記事本、書信、照片，也都絲毫不曾發現他有任何移情別戀的跡象。或許是我一個小丫頭心思單純，只知道費心懷疑一些空穴來風的事情，後來好幾次回想起來，都無法解開根植心底的疑惑，看著他發呆的樣子，我心想莫非他是打算把我忘得一乾二淨，才會一直茫然地看著一個地方沉思吧？我心底的疑惑越來越大，也越來越相信自己的想法，一定是我想的那樣。但總不可能是那回事吧？就如同我剛剛所說，門野是一個非常多愁善感的人，常常陷入沉思，很多時候都一個人在房間裡讀書，而且光是在書齋裡，他還嫌不能專心，幸好後院的儲藏小屋樓上，正好有很多祖先遺留下來的書畫，他就像以前的人一樣，一個人手拿燈籠，在陰暗的書堆裡，看著那些古書。這可能是他從很小就養成的興趣。我嫁進門半年間，他從沒有靠近那間儲藏小屋，就好像忘了一樣；半年後他就開始頻繁地進出那間儲藏小屋。這時我才發現，這件事背後一定有什麼意義。

四

在儲藏小屋的樓上看看書寫寫字，聽起來不太正常，但是我並沒有責備他的意思，也不覺得有什麼好大驚小怪，但當我仔細想想，從我的立場，盡可能小心監視門野的一舉一動，而且還仔細檢查了他的各種用品，但又找不出什麼異常；另一方面，除了對我如空殼一般的感情以外，他只剩下空洞的眼神與像是要把我忘掉的沉思。我除了懷疑那間小屋樓上發生的事情以外，已經沒有其他的證據。更特別的是，他總是挑夜深人靜的時候跑去那間小屋，有時會先確認同床的我是不是真的睡著了，從被窩裡偷偷爬起來。我本來以為他只是要上小號，結果去了很久還不回來。我走出門廊一看，小屋的窗戶透出微微的燭光，我感受一種說不出口的不祥預感。那間儲藏小屋，我嫁進門以來也只有在一開始與換季的時候進去過一兩次，即使門野就在裡頭，我也還沒想過他會疏遠我到這種程度，而且如果我沒有跟蹤他，在小屋的二樓，他就可以擺脫我的監視了。現在回想起來，我就會抱著懷疑的態度。

我在春天過了一半的時候進門，對丈夫產生懷疑。正好是那年八月半的滿月夜。現在回想起來覺得不可思議的事，在於門野蹲在門廊外，在蒼白的月光照耀下，茫然眺望遠方出神的樣子。我看著他的背影，心頭突然感到一陣悸動，這是我懷疑的起點。我的疑心越來越重，最後終於忍不住跟蹤門野，一路來到儲藏小屋。這是秋天結束時候的事了。

我們的緣分原來這麼虛幻呀。但儘管如此，丈夫讓我感到無比幸福（前面也說了，絕對不是真正的戀愛）的日子只維持了半年時間，我現在就像是打開龍宮寶盒[02]的浦島太郎一樣，從有生以來最幸福的樂園睜開眼睛醒來，眼前等著我的，則是張開血盆大口的無間

◇◇◇◇◇◇◇◇◇◇◇◇◇◇◇◇◇◇◇◇◇◇◇

02龍宮寶盒（玉手箱）：在龍宮享盡富貴榮華的浦島太郎堅持回家照顧老母親，臨走前獲贈了一口寶盒，公主（龍王的女兒「乙姬」）要求太郎切勿打開那口寶盒，結果太郎上岸後發現陸上景物全非，一時驚慌失措打開寶盒，寶盒冒出一陣煙，浦島就變成老人。

地獄。

但是我一開始還沒有仔細思考過小屋到底發生什麼怪事，只是在心底抱著疑惑的時候，從旁邊偷看丈夫發呆的樣子，向天祈求可以有一天找出事實的真相，並且得以安心過日子，同一時間又擔心他偷偷摸摸不知道在幹什麼事，如果現在讓他住手，惦記在心的結果，以後可能會發生更可怕的事。在某個穿夏天外褂會冷的夜晚，院子裡發出了奇怪的叫聲，在夜晚的一片黑暗中，這聲音伴隨著蟲鳴聲一起消失。我穿上院子用的木屐，看著通往小屋的小徑與夜空，天上的星星雖然美麗，感覺卻更遙不可及，這是一個讓我感到異常寂寞的晚上，我終於鼓起勇氣偷偷走近那間小屋，試圖偷看應該在樓上的丈夫在幹什麼。

主屋裡的公婆與僕人們都已經入睡。這座宅邸在小鎮裡是很大的房子，雖然還是十點鐘，屋裡已經一片寂靜。前往小屋的路上，會經過一片漆黑的雜草叢，讓我心裡非常害怕。這片草叢即使在天氣好的時候，看起來還是泥濘不堪，草叢裡還住著一隻大癩蛤蟆，一直發出咕嚕嚕……咕嚕嚕……的叫聲。我忍住心裡的恐懼走進小屋，小屋裡卻與外面一樣漆黑，小屋特有的的霉味，夾雜著寒風與樟腦的香氣，包圍著我的全身。如果心底沒有一股嫉妒之火，一個十九歲的小姑娘是不可能做出這種事的。戀愛真是一件可怕的事情呀。

我在黑暗中摸索著走向通往二樓的樓梯，往樓上一看，裡頭很暗是理所當然的事，因為梯上的拉門緊閉著。我憋氣留意不發出腳步聲，一段一段爬到了上面，想拉開天花板的木門，發現門野已經小心翼翼地從樓上反鎖，讓其他人無法從外面打開。如果只是讀讀書，不必大費周章上鎖吧？這一丁點小事，都讓我更加提心吊膽。

我該怎麼辦呢？我該敲門請他開門嗎？不，在這麼深的夜裡幹這種事，說不定會讓他對我更加疏遠。但是這種懸而不決的狀態，如果再這樣繼續下去，我會受不了。只要我下定決心讓他開門，今天晚上就應該在這間離主屋有點遠的小屋裡，向丈夫問個清楚，以解開平日心頭的疑慮。在我留在門外拿不定主意的同時，其實正發生很可怕的事情。

五

那晚我終於走進了小屋。夜深人靜的小屋二樓，照道理應該也不可能發生什麼事，但我卻因為疑心生暗鬼，毫無理由地幹下這傻事，純粹是說不出道理的直覺，難道這就是一般所說的「蟲子來報訊」嗎？這個世上，有時候會發生一些常理無法判斷的意外事件。這時我從小屋樓上聽到悄悄話對談的聲音，而且是男女交談的聲音。男生的聲音當然是門野，但那個女的到底是誰？

我心想，難道真的是那種事？一個沒見過世面的小丫頭，心裡的懷疑在面對真相之後，會比驚訝憤怒還要可怕，那種恐懼再加上無地自容的悲傷，讓我只能吞忍放聲大哭的心情，全身像是得了瘧疾一樣顫抖著。但是我還是一直聽到樓上傳來的對話。

「我們如果再這樣偷偷見面下去的話，奴家，對您的夫人就很失禮了呀。」

女子的聲音很細，悄悄話微弱得幾乎聽不清楚，但只要以想像補齊聽不到的段落，我總算明白整段話的意思了。從語調聽起來，她比我年長個三四歲，也不像我這麼胖，長得很瘦，一定長得像泉鏡花[03]小說的角色一樣如夢似幻。

「我也不是沒想過，」這是門野的聲音，「但就如同妳說過的，我盡了自己最大的努

03泉鏡花：西元一八七三至一九三九年，號稱傳承日本古典美的浪漫主義作家，代表作包括《高野聖》（西元一九〇〇年）、《婦系圖》（西元一九〇七年）、劇本〈天守物語〉（西元一九一七年）等。

力，想要好好愛那個京子，但是我很遺憾我做不到。我跟妳從小就認識，到現在不論如何，心裡還是一直沒辦法放棄想妳。我對京子只能一直道歉說對不起，但嘴巴說著對不起，我心裡還是想著每晚見妳一面。希望妳可以明白我心裡的悲傷。」

門野的聲音很清楚，聽起來像是戲劇台詞一樣，每一字每一句都像是朝我而來，在我心裡迴盪。

「奴家心頭歡喜。像您這麼英俊的男子，能拋開那不錯的夫人選擇奴家，奴家是何等的幸運，心頭真是歡喜。」

我的雙耳變得極端敏銳，這時感受到那女人就要靠在門野的大腿上…………

接下來發生的事請自行想像，我當時心裡會怎麼想？如果以現在的年紀來說，如果兩人發生了什麼讓我介意的事情，就算破門而入，也會衝到兩人身邊把自己的怨恨痛苦都爆發出來，但當時我還小，就是拿不出那樣的勇氣，只能壓抑湧上心頭的悲傷，以衣袖掩面，在原地去也不是，留也不是。

然後我突然聽到樓上地板發出腳步聲，像是要接近樓梯口的拉門了。如果在這裡被他撞見，不管是我還是他都會非常難堪。我急急忙忙下樓躲到小屋外，躲在一片黑暗中，兩眼怒火中燒，想趁機仔細端詳那女人的樣貌。地板的門隆隆地拉開，丈夫手提燈籠輕輕地下樓的話，後面跟著的一定就是她了。但我等著等著，只聽到小屋走出的人把小屋的門口隆隆地關上，並且從我藏匿的地方前面走過，當庭院木屐的腳步聲越走越遠，我卻聽不到那女人下樓的聲音。

因為這間小屋是儲藏室，出入口也只有一個，就算有窗，每一扇窗都用鐵網覆蓋，看起來應該就沒有其他對外出口了。我就算等了再久都沒看到門打開的跡象，心想實在太不可思議了。門野不可能就這樣拋下他最愛的女人不管。或者有沒有可能是小屋某處，在幾年之間已經預藏了一條祕密通道？想到這裡，我不禁聯想到那個為愛瘋狂的女人，為了想見郎君一面，忍著恐懼在地洞裡匍匐前進的樣子，甚至能感受到她爬行的聲音，反而讓我在黑暗中忘了恐懼。如果丈夫回房間發現我不在床裡，一定也會擔心，總之那晚我也沒做別的，先回主屋睡覺。

六

在那晚以後，我又偷偷去了幾次那間小屋。如果我多聽幾次，應該可以從兩人的情話綿綿之中，聽到什麼悲慘的故事吧？每次我都處心積慮想看看那女人的樣子，但是每次都像第一個晚上一樣，只有門野一人走出小屋，完全不見那女人的蹤影。有一次我帶了火柴，等丈夫離去後偷偷爬上小屋二樓，用微弱火光看著周圍，卻沒有看到那女人的任何蹤跡。又有一天中午，我趁著丈夫不在的時候，偷偷跑進小屋裡，仔細查看每一個角落，想要找出任何可能的密道，或是窗戶鐵網的任何破洞，但小屋其實牢固到連一隻老鼠都逃不出去。

這到底是多麼不可思議的事呢？在確認小屋沒有任何縫隙之後，我的心裡與其說是難過惋惜，只感到一股說不出口的可怕，汗毛也不由自主地豎起來。到了隔天晚上，那女人不知道又從哪裡冒出來，還是以一如往常的嬌弱耳語與丈夫情話綿綿，又像鬼魂一樣不知何時消失得無影無蹤。難道是什麼鬼魂迷住門野了嗎？天生樣子看起來就很憂鬱，馬上可以發現與普通人不一樣之處，又讓人聯想到蛇的門野（也有可能因為如此，我才對他這麼著迷），居然這麼容易就愛上一個像幽靈一樣的怪物？想著想著就覺得，最後門野自己身上必定會產生出一種魔性，驅使他變成一個難以形容的瘋子。我應該先回娘家去把事情一五一十地說出來，還是告訴門野的父母親戚們？恐懼與不安讓我下定決心，好幾次差點就說出來，但是說出這種像鬼故事一樣的無稽之談，似乎又會被人當笑話看，我不想這樣讓自己丟臉，所以壓抑自己內心的小丫頭想法，多花一兩天去加強自己的信心。後來想想，從那時候開始，我就變成了一個相當任性的傢伙了。

到了那天晚上，我又發現了一件怪事。在小屋的二樓，門野與他的情人剛結束幽會，正要從二樓下樓之前，我聽到了類似木箱輕輕蓋上的喀答一聲，接著是用鑰匙上鎖的叩叩聲。仔細想想，那些聲音雖然輕微，有好幾個晚上我似乎都會聽見。在小屋的二樓發出這種聲音的物品，也就只剩下幾個並排的長木箱了。他會不會把對方藏在那些木箱裡呢？如果是活人，就一定要進食，更何況在難以呼吸的木箱裡關上那麼久並不符合常理，但不知何故，我卻認為某只箱子裡藏著一個人，已經是千真萬確的事實。

一想到這裡，我就更不能坐視不管了。我一定要想辦法偷來木箱的鑰匙，打開蓋子看看那女的到底長得什麼樣子才會服氣。到時候只要有何三長兩短，就算咬她手臂、扯她頭髮，都不能輸給那女人。只要一想到那女人就躲在長木箱裡，我就恨得咬牙切齒，每晚等待黎明的到來。

隔天，從門野的文具盒成功地偷來鑰匙，可說是不費吹灰之力。那時候我覺得自己根本在作夢，對一個十九歲的丫頭而言，是一件超乎自己能耐的巨大挑戰。即使已經做到如此，我還是夜夜輾轉難眠，臉色發青，身體應該也瘦了一圈。好在我起居的房間離公婆的房間很遠，丈夫門野也迷上那個女人，在這區區半個月的期間，卻能相安無事。當我手握鑰匙，鑽進那座大白天也顯得幽暗，還帶著一股冰冷泥土味的小屋，又是什麼心情？我當時居然有膽幹下這種勾當，現在想起來更覺得不可思議。

在我偷拿鑰匙之前，也曾經偷偷爬上小屋二樓，在我紛亂的心中，突然冒出一個滑稽的念頭。即使聽起來無足輕重，我就先說為敬了。我懷疑之前聽到的一些聲音，可能是門野自己模仿出來的。有點像單口相聲，但是想想看如果人家是為了寫小說，還是練習演戲的角色，才在吵不到人的小屋二樓自己練習台詞對白呢？再者，長木箱裡裝的可能不是女人，搞不好是一些戲服。我竟然產生這種不著邊際的懷疑。呵呵呵呵呵，我已經氣昏頭了。我已經因為意識的混亂，產生這種自圓其說的妄想。因為我只要推敲起那些情話，就會不禁心想：會發出那種笨蛋聲音的傢伙，到底活在什麼樣的世界呀？

七

正因為門野家是鎮上有名的古老宅邸，小屋的二樓收藏了許許多多祖先遺留下來的舊物品，看起來就像古董店一樣琳瑯滿目。三面牆上整齊排列著「硃砂漆」的長木箱，一個角落擺放著五六只古早樣式的直立長木箱，上面則堆滿書櫃塞不下的黃皮書與藍皮書[04]，布滿塵埃的書背上，還有蟲蛀的痕跡。在櫃子上則擺滿放著古老卷軸的箱子，花紋裝飾顯眼的扁擔與藤編盒子之類，老舊的陶器；在這些物品裡最引人矚目的，還是據說用來裝塗黑牙齒[05]材料用的巨大漆碗漆盆，這些器具都因為年代久遠露出朱紅色，但還是可以看得

04 黃皮書藍皮書（黃表紙、青表紙）：江戶時代的大眾讀本，內容多為戰史或戲劇改編的章回話本，以不同封面顏色區分內容。

05 把牙齒塗黑（鉄漿／お歯黒）：已婚女子用特殊牙齒塗黑的風俗，據說源自四世紀，明治時代以後逐漸廢除，至大正時代近乎絕跡。

到表面上的鑲金或是蒔繪[06]。還有一件讓人看了不舒服的物品，就是台階下段盔甲櫃裡栩栩如生的兩副盔甲裝飾，一副是用黑線縫合，看起來很有威嚴的黑線鎧甲，另一副好像叫做緋線鎧甲，盔甲看起來黑黑的，很多縫線的地方都斷掉了，看起來似乎是以前經歷過大火考驗，不然應該會更漂亮的。兩副盔甲都戴著頭盔，鼻子嘴巴部分也都帶著猙獰的鐵面具。在這大白天也顯得陰暗的小屋裡，仔細看這兩副盔甲，我覺得它們的護手護腳會突然動起來，伸手拿起正上方的長槍揮舞，即使現在去看，我也一定會尖叫並且落荒而逃。

秋天的夕陽從小窗穿過鐵網照進小屋，但那扇窗實在太小，小屋的角落仍然像夜晚一樣漆黑，只有蒔繪與金屬製品，像是那些魑魅魍魎的眼睛一樣，反射出詭異而幽微的光。這些反光又讓人想起小屋裡的那個鬼魂，以一介女子之身，她又是怎麼忍下來的？我之所以忍得住所有的恐懼不安，打開那一口長木箱，應該是愛情帶來的傻勁吧？

我心裡想著：不可能這麼巧吧？並且逐一打開那些令人不舒服的長木箱，一股寒意從心底冒出來，頓時嚇到整個愣住。但是我掀開蓋子，就像檢查棺材一樣，一口氣把頭探進去，就如同我之前想的，不，或說是與我想的相反，每一口箱子裡盡是一些舊衣服、棉被

06蒔繪：漆器表面以金銀顏料繪製之圖案。

床墊、精美的書櫥……並沒有找到什麼可疑的事物。但是那些聽起來極為可疑的聲音，像是關上箱子、上鎖之類，又意味著什麼呢？我覺得好怪好怪的時候，目光停在最後打開的木箱裡疊著的幾個白色小木箱上面。那些小木箱上貼著用懷舊御家流[07]書法體寫上「小公主殿下」、「五人樂班」、「怒哭笑」[08]等字條，裡面裝的是女兒節人偶。我心想如果沒有發現任何異狀，多少可以鬆口氣，同時也因為好奇，突然興起了打開那些箱子的念頭。

我把那些小箱子逐一拿出來，認出這是小公主殿下，這是左近櫻，這是右近橘[09]……一股懷念的往日氣息，伴隨著樟腦味撲鼻而來；骨董人偶那柔軟的肌膚，引領我進入夢的國度。我一時被眼前的女兒節人偶迷住，回過神來發現在大木箱的另一側，還有一口高度超過三尺[10]的長方形白色木箱，看起來裝了更貴重的物品。箱外用一樣的御家流毛筆字體

07 御家流：日本書道清蓮院流。

08 小公主殿下（お雛様）、五人樂班（五人囃子）、怒哭笑（三人上戶）：雛祭（三月三日女兒節）擺在階梯形祭壇各排上的各種人形（日本娃娃）。五人樂班分別負責謠曲、能笛、小（肩）鼓、大（腰）鼓、太（膝前）鼓，生氣臉、哭臉、笑臉為三人上戶各自的強項。

09 左近櫻、右近橘：京都御所禁宮大殿紫宸殿（南殿）庭院裡，左近衛府與右近衛府前的兩棵樹。東側的山櫻樹原本是梅樹，西側橘樹為日本野橘。

10 約九十一公分。

寫著「拜領」兩字。我好奇箱子裡到底有什麼，拿起箱子打開往裡頭看了一眼，突然有一個念頭讓我先是愣住，又忍不住別過頭去。那一瞬間我才發現，靈感就是在那種場合才會出現。幾天以來的疑團，就這樣解開了。

八

如果讓我怕成這樣的，不過是一具人偶，您一定會覺得可笑，而且問：「什麼鬼呀？」不過那也是您還不明白，這些人偶是以前的知名製偶師傅竭盡心力，精雕細琢而成的藝品。如果您在博物館的某個角落，偶然看到一個古老的人偶，會不會因為人偶的栩栩如生感到一股說不出來的戰慄呢？如果人偶的臉是小女娃兒或童奴，您難道就不曾被那種人偶帶有的夢幻感迷住嗎？即使是人家送的人偶，卻帶有一種不可思議的魔力，您了解嗎？再不然，想想以前眾道[11]盛行的時期，愛好者也會依照自己喜歡的小相公樣貌刻出木偶，做出日夜同床的怪事，不知您之前聽說過嗎？不，就算我不必扯得那麼遠，您知不知道文樂

11眾道：男同性戀，包括男娼。

淨琉璃界最偉大的傳奇，也就是近代很出名的安本龜八[12]？如果您看過他的「活人偶」，應該就可以明白我當時光是看到一具人偶，就嚇成那樣的原因了。

我看完那具人偶後離開小屋，問了門野的父親才知道，那人偶是從藩主大人那裡拜領的禮物，是安政[13]時代一位叫做立木的有名人偶師做出來的。大家都以為是「京人形[14]」，實際上好像應該是「浮世人形[15]」。人偶的身高大約三尺，大概十歲小孩的大小，手腳都做得很逼真，髮型是古時候的島田髻，身上穿著古法大花紋友禪染的和服。後來才知道這些都是立木師傅的特殊風格，但即使是很久以前造出來的人偶，臉卻長得很近代。那一對血氣紅潤好像在追求什麼的厚嘴唇，嘴唇兩邊擠成兩截的豐頰，雙眼皮睜得大大像是在傳情的眼睛，眼睛上頭好像在微笑著的兩道濃眉，更不可思議的是羽二重綢緞下，像木棉絮一樣若隱若現的小耳朵，那個耳朵上沾染的顏色，對我來說更是充滿了魅力。那張華麗而

12 安本龜八（西元一八二六至一九〇〇年）：江戶末期至明治後半的人偶師，原來是佛像師，在明治「廢佛毀釋」運動後改做等身大機關人偶，並將製偶名號傳承給長子（二代）與三子（三代，二代猝逝後繼承，末代）。

13 安政：西元一八五四年十一月至一八六〇年三月，孝明天皇在位時的紀元。

14 京人形：又稱鴨川人形、嵯峨人形，通常是西瓜皮髮型的穿衣娃娃。

15 浮世人形：盛行於元祿（西元一六八八至一七〇四年）年間的人偶，服裝打扮為當時造型，人物藍本多為娼妓或若眾。除了逼真的頭髮眉毛，通常做出明顯的生殖器形狀。

帶著情欲的小臉，雖然隨著時代演變而失去幾分光彩，在嘴唇以外的部位多半褪色，還有一些長年觸碰留下的汙垢，肢體表面就像流汗一樣濕濕滑滑，所以看起來更多了一分嬌豔感。

在陰暗而充滿樟腦味的小屋裡看著那具人偶，我那一對大小剛好的乳房底下，不斷因為急促的呼吸而上下起伏，那種震撼讓我全身都顫抖起來，現在想到都覺得好笑。

這是怎麼回事？我的丈夫居然會愛上一個沒有生命的冰冷人偶。我感受到這具人偶不可思議的魅力之後，已經找不到任何的答案。不管是丈夫不愛與人接觸的個性、小屋裡的情話綿綿、長木箱蓋上蓋子的聲音，還是看不見的對方，我把各種線索放在一起，就只能把那女人解釋成這個人偶了。

後來我又問了兩三個人，綜合他們各自的看法再加以想像，才推測出門野因為生來喜歡幻想，在性方面具有特殊癖好，在愛上真人女性之前，不知為何就愛上長木箱裡的人偶，並且被人偶的強烈魅力奪走心神。他從一開始走進小屋，就不是為了要看什麼書。我問了某一個人，也聽說這種人愛上人偶或佛像的故事，從以前就已經不足為奇。不幸的是我的丈夫就是這樣的男人，更不幸的是他家裡正好就有一具史上罕見的名作人偶。

這是一段非人之戀，一個不屬於這個世上的愛情。會陷入這種愛情的人，靈魂一方面耽溺於一種血肉之軀無法體會，一種像噩夢或童話故事的奇妙愉悅之中，另一方面又焦慮於源源不絕的罪惡譴責，想要早日逃離那種地獄，整天痛苦不已。門野不論是娶我，還是想要努力愛我，到頭來都只是徒勞無功的苦悶痕跡。在先前那些情話裡聽到的聲音「對京子很失禮……」，我到現在才總算明白是什麼意思了。丈夫會用女人的聲音模仿人偶說話，也已經沒有其他懷疑的餘地了。唉，我的命運到底有多麼不幸呢？

九

接下來我要懺悔，因為接下來發生了更可怕的事。剛剛說了這麼長的故事，您一定會不耐煩地心想：「難道後面還有嗎？」但是請不用擔心，我後面要說的重點，只需要很短暫的時間就可以說得一清二楚了。

我說出來請別太過驚嚇，這件事會這麼恐怖，是因為我犯了近乎殺人的罪。像我這樣犯了大罪的人，之所以能免於刑罰安穩度日，是因為那起命案不是我直接下手，是一件間接犯罪，即使後來我被要求一切從實招來，最後還是沒達到有罪的程度。但即使法律上不構成罪名，我還是背負著直接引起他死亡的責任。我當時思慮不周，因為一時驚慌失措而沒有說出實話，但到了後來就越來越感到愧疚，一直到現在為止，我都沒有任何一個晚上能好好睡一覺。我說出這些話來，除了懺悔以外，也希望能為死去的丈夫贖一些罪。

但我當時應該是被愛情沖昏頭了吧？我的情敵不是有血有肉的活人，而是一個不論多麼維妙維肖，都不過是出自名工手筆的冰冷人偶。當我被這具沒有生命的泥雕人偶注視的時候，心裡數不盡的惋惜，終究敵不過對這下三濫又禽獸不如的丈夫的恨，若非這具人偶從中作梗，也不會演變到這種地步，我甚至怪到那位姓立木的人偶師傅頭上。對呀，如果我就這樣把這具人偶光鮮的臉砸個稀爛，手腳也全部扭斷，門野失去了對象，也就談不了戀愛了。我一想到這裡，就覺得事不宜遲，那天晚上慎重起見，先確認了丈夫又與人偶幽會，隔天早上就衝上後院小屋二樓，把那具人偶用力砸爛，破壞到面目全非。如果留在原地被丈夫發現，再仔細觀察他的反應，應該就可以證實我料想的那些到底合不合現實了。

這具人偶就像被火車輾過的屍體一樣，頭、身體、手腳散落一地，當我想起它已經失去前一個晚上的樣貌，變成一堆醜陋的殘骸，於是一刀戳進人偶的胸口。

十

當晚，不知情的門野又起身確認我已經睡著，手拿燈籠，消失在簷廊外的黑暗中。不用說也知道，他又趕忙去和他的人偶幽會了。我一邊裝睡，一邊看著他的背影，心中竊喜之餘，卻又不知不覺感到悲傷，一時百感交集。

當他發現人偶的殘骸，又會出現什麼樣的態度呢？他會因為愛情帶來的羞恥，而默默整理人偶的殘骸，並且裝作什麼也沒有發生嗎？他會找出罪魁禍首，怒不可遏到捶胸頓足，而且破口大罵嗎？如果他罵我或對我動粗，我反而還比較釋懷。因為門野如果會生氣，表示他心裡還有我，對那人偶已經沒有任何眷戀。我只能忐忑不安地聽著小屋裡傳來的任何聲音。

我當時到底等了多久？丈夫去了很久，到現在還沒回來。人偶已經毀了，他在小屋裡應該已經沒事可幹，結果都這麼久了還不回來。難道他的愛人到頭來是真人而不是人偶？我越想越不對勁，忍不住走出被窩，點亮另一個燈籠，衝向漆黑草叢間的小屋。

我跑向小屋的樓梯，發現二樓的拉門反而開著，房內的燈籠亮著，紅褐色的反光，連台階上也能看到。我心頭突然冒出某種預感，馬上衝向二樓大喊一聲：「相公！」我用手上的燈籠一照，果然和我的不祥預感不謀而合。丈夫的屍體與人偶疊在一起，鮮血把地板淹沒成一片血海，兩人身旁掉落一把沾滿鮮血的傳家寶刀。一個人與泥雕人偶殉情，看起來別說可笑，看在眼裡反而有一種莊嚴感，我心頭一陣緊繃，喊不出聲也流不出眼淚，只能茫然地站在原地。

仔細一看，我破壞的人偶剩下的那半片嘴唇上，留著一滴像是從自己嘴裡吐出的血，又有一道血跡從丈夫抱著人偶頭部的手臂上流淌下來，人偶看起來又像是發出瀕死的狂笑一樣。

發表日——西元一九二六（大正十五）年十月／「サンデー每日」大阪每日新聞社

背景摘要——本短篇屬恐怖小說，雖然冷門，卻是亂步生前最喜歡的作品之一。主角門野對腦內愛人的執著，簡言之就是「比馬龍之愛」。希臘神話的賽普路斯國王比馬龍（Pigmalion）對現實女性失望，於是以象牙雕刻出一尊自己理想中的女性，並且為雕像穿上衣服（請參照谷崎〈青花〉），最後感動愛神阿佛洛迪忒（Afrodite），把雕像變成真人，國王也如願以償地與愛人成婚，生下兒子帕弗斯（Paphos，塞浦路斯西部地名）。導演是枝裕和改編自業田良家同名漫畫的《空氣人形》（西元二〇〇九年）則從「比馬龍情結」的「非人之戀」發展出更悲慘的結局。

第三十二 力の組合せ

静止して在る物の一点に二つの力が同じ方向に同時に働くときは物はその点にこの二つの力の大いさの和に等しい一つの力がこの方向に働くときと同様の運動を起す。

静止して在る物の一点に大いさの違ふ二つの力が反対の方向に同時に働くときは物はこの二つの力の大いさの差に等しい一つの力が大きい力の方向に働くときと同様の運動を起す。この二つの力が同じ大いさであるとき物は運動を起さない。

静止して在る物の一点に二つの力が同じ方向でも反対の方向でもない方向に同時に働くときは物はこの二つの力の方向の中間の方向に一つの力が働くときと同様の運動を起す

阿勢登場——小說——江戶川亂步

勢

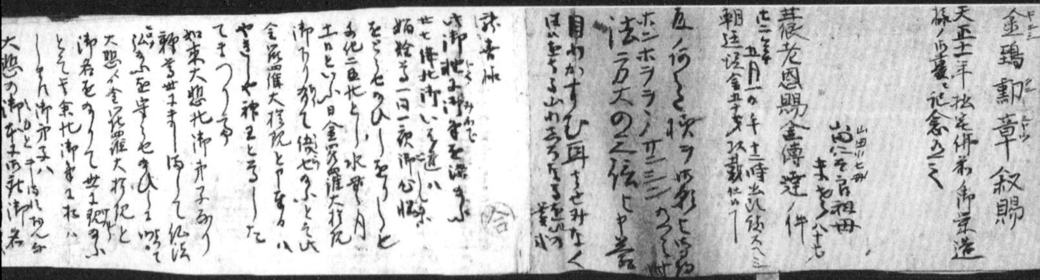

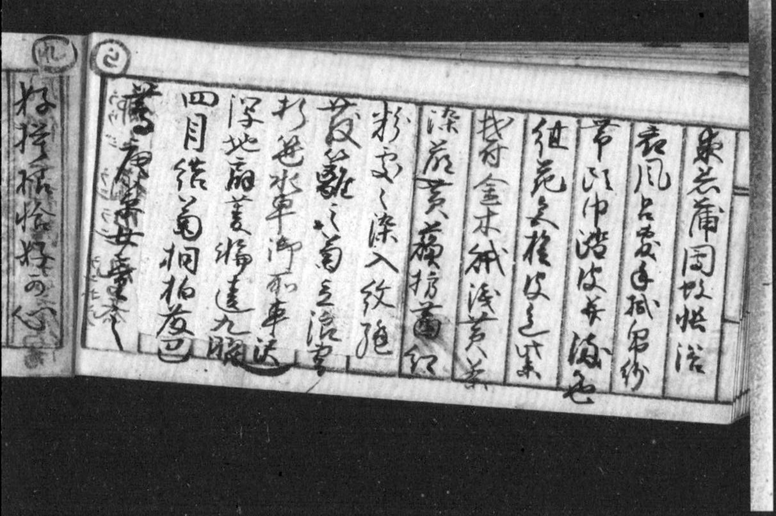

場

阿勢登場

一

患了肺癆病的格太郎，今天又被老婆丟下不管，只能在家枯等。一開始為人隨和的他，都忍不住火冒三丈，甚至以此為理由要求離婚，但是病情的加劇，讓他只能慢慢放棄這個念頭，畢竟自己來日無多，又有可愛的孩子要顧，實在無法輕率地實行。這件事看在頭腦機靈的第三者，也就是格太郎的弟弟格二郎眼裡，又有了不同的想法。他對哥哥的懦弱恨得牙癢癢，常常用自己的立場罵哥哥。

「為什麼哥哥你會那樣想呢？如果是我就老早離婚了。那種女人又有什麼好同情的？」

然而格太郎對妻子不只同情而已。原來是如果他現在與阿勢離婚，她跟那個沒才華的臭學生一起的同時，生活也會陷入愁雲慘霧，他除了憐憫，還有其他的理由。孩子的將來已經做好打算，就算丟人現眼，自己以後也要靠弟弟養；被阿勢糟蹋至此，仍然有放不下的心結，所以他害怕與阿勢分開，甚至原諒阿勢紅杏出牆。

至於阿勢，則已經對格太郎的想法再了解也不過了。說得誇大一些，兩人之間可說已經形成一種默契。在她與那看不見的男人一起遊玩的時間以外，仍然不忘回來與格太郎親熱。從格太郎角度看來，這些不過是她施捨的小恩小惠，就算只是虛應故事，他也已經心滿意足了。

「不過你想想孩子的將來，事情並不能一概而論的。我可能拖不過這一兩年，如果小孩以後沒了母親，不是很可憐嗎？所以我才打算一直這樣忍氣吞聲下去。反正，阿勢有一天一定會回心轉意的。」

格太郎的回答，常常讓弟弟恨上加恨。

然而格太郎的菩薩心腸，不但沒有讓阿勢回心轉意，外遇的狀況還一天比一天嚴重。

她說她父親窮苦而且長期臥病在床，以此為由回家探望，說是三天以內就會回來。他有理由自己查證她是不是真的回家鄉去，但最後還是沒有動作。他的心情很複雜，即使面對自己的質疑，還是會選擇原諒阿勢。

阿勢今天也同樣一大清早就仔細打扮自己，準備出門。

「要回家鄉的話，不需要化妝吧？」

格太郎到最後究竟沒把這句抱怨話說出口。這時他對自己的懦弱，卻產生一種說也說不出的快感。

老婆就這樣一走了之，他無事可做，就開始玩起盆栽。他打著赤腳走進院子，滿腳泥巴反而讓他心情比較輕鬆。另外，在盆栽前裝出一副樂在其中的樣子，對別人或是自己而言，都是一件有必要的事情。

到了中午，女傭來叫他吃飯。

「午飯已經準備好了，要晚一點再吃嗎？」

連女傭都用那種敬而遠之的樣子看他，讓格太郎心底很不好受。

「唉呀，都已經這麼晚了呀，那就來吃吧。順便把我兒子也叫來吧。」

他掩飾自己的病弱，故作精神抖擻，愉快地回答女傭。從這時候開始，他習慣以虛張聲勢假裝自己很健康的樣子。

只有那一天，女傭們特別細心準備了比平常更豐盛的飯菜。但是格太郎在這頓飯之前，已經整整一個月的時間，沒有吃過好吃的飯菜了。他的兒子正一也在冰冷的家庭氣氛下，即使在外頭如何調皮搗蛋，這時看起來卻顯得無精打采。

「媽媽去哪裡呢？」

他心裡已經知道答案了，不聞不問又不能放心。

「她回你外公家了喔。」

女傭一回答，他的臉上就出現不像是七歲孩子會有的冷笑表情，輕輕「哼！」了一聲，低頭大口扒飯。雖然是個小孩，卻已經明白如果再問下去，爸爸會阻止他。這又是只屬於他的虛張聲勢。

「爸爸，我可以帶朋友來玩嗎？」

吃完午餐，正一像是要撒嬌一樣地看著他父親的臉。格太郎發現自己總是在努力討好自己純真無邪的孩子，心底更是不由自主地感受到一種對於自己的怨恨，以及想哭的念頭。但是他說出來的回答，卻又不過是一如往常的虛張聲勢。

「好呀，叫他們來，記得守規矩喔。」

得到父親許可，可能又出自他的虛張聲勢，正一一邊大喊：「我好開心呀！我好開心呀！」一邊急奔到屋外，沒多久他就帶了三四個玩伴一起回來。這時格太郎回到吃飯前剔牙的地方，並且聽到小孩房傳來砰咚砰咚的碰撞聲。

二

孩子畢竟是孩子，不可能一直待在小孩房不出來。他們似乎開始玩起鬼抓人[01]之類的遊戲，跑步聲從一間房進入另一間房，中間也傳出女傭制止的吆喝聲，這些聲音都傳進格

01鬼抓人（鬼ごっこ）：日本捉迷藏之一，被鬼碰到的人就變成下一個鬼，所以要跑給鬼追。華人類似的遊戲包括「老鷹捉小雞」、「官兵捉強盜」。

太郎的房間裡。甚至有一個孩子突然拉開他身後的紙門。

「啊，叔叔在這裡！」

他們看到格太郎的臉，馬上被他病態的樣子嚇跑，尖叫著逃向遠處。最後正一闖進他的房間，一邊說：「這裡可以躲呢。」一邊躲進父親的書桌下。

看到這個場面，格太郎發現自己原來也有可靠的一面，滿心歡喜。他心想今天可以先暫時不修整院子那些花木，想要加入孩子們的遊戲。

「孩子，不要再跑來跑去了，爸爸要說一個好玩的故事給你們聽，去把你朋友叫來。」

「哇！我好開心。」

正一一聽到爸爸要說故事，就馬上從桌下鑽出來跑出房間。

「爸爸很會說故事喔！」

正一志得意滿地向玩伴介紹他的父親，並把他們帶進格太郎的房裡。

「說一則故事吧，最好是鬼故事！」

孩子興高采烈地坐在榻榻米上，眼中閃著好奇的光，有的還用害羞的眼光，怯生生地看著格太郎的臉。他們並不知道格太郎的病，就算知道什麼，也都是孩子之間的事情，所以就像那些來訪的大人一樣，看不出別有企圖的態度。格太郎也就樂得輕鬆。

這時他的精神比以往來得更好，一邊想著孩子們會喜歡的故事，一邊展開故事的序幕：「從前在一個王國裡，有一個很貪心的國王……」他說完了一則故事，孩子們就一直吵著要「再說一個！再說一個！」於是他就照要求又說了兩三則故事。看著孩子們一起迷失在童話故事的世界裡，他也越來越得意。

「好！故事我就說到這裡，接下來我們再來玩躲貓貓[02]吧！叔叔也跟你們一起玩。」最後他說。

「嗯，躲貓貓！」

孩子們只差沒有說出正合我意四個字，全數贊成他的要求。

「好，接下來我們躲到家裡的每個角落，準備好了嗎？來，剪刀，石頭……」

猜拳的手一伸出來，他馬上就像一個小孩一樣活蹦亂跳。這可能是他身上的疾病帶給

02 躲貓貓（隠れん坊／hide-and-seek）：這種捉迷藏主要是鬼要先數到一個數（可能是數手指決定）等大家都躲好之後，才開始到處找其他人。

他的蠻力，又可能是他對老婆出軌的一種虛張聲勢。不論如何，他的舉動混著一種自暴自棄的感覺，也是不爭事實。

在頭兩三局裡，他刻意露出兇神惡煞的樣子，到處尋找孩子們天真頭腦想得到的藏匿之處。他找累了就變成被鬼抓的一邊，與其他孩子一起奔跑，努力把自己的高瘦身體擠進櫃子裡桌子底。

發瘋似的一問一答「躲好沒？」「還沒好！」，響遍了家裡。

格太郎一個人躲在自己房裡黑暗的壁櫥裡，隱約聽到當鬼的孩子穿梭在各個房間之間，逐一喊著「抓到某某了！」也有孩子大吼一聲「哇！」並從藏匿處竄出來。最後似乎大家都被找到，最後只剩下他一人沒被發現，於是孩子們就聚在一起，把每一間房間都找過一遍。

「叔叔躲到哪裡去了？」

「叔叔！快點出來嘛！」

孩子們七嘴八舌，最後往儲藏間靠近。

「呵呵呵，爸爸一定躲在櫃子裡。」

正一的悄悄話，聽起來就像在拉門外。格太郎發現自己就要被抓，發現自己有點焦慮，便打開壁櫥裡的一口老木箱，鑽進去之後蓋上蓋子，並且屏住自己的呼吸。箱子裡塞著軟綿綿的被子床墊，正好像是睡在火車臥鋪上，窩起來還算舒服。

他蓋上木箱上蓋的同時，聽到櫃門被拉開發出隆隆的聲音：「抓到叔叔了！」

他聽到孩子的叫聲。

「咦？沒有耶。」

「可是剛剛明明聽到聲音的，對不對，某某？」

「那個一定是老鼠吧？」

孩子們天真地交頭接耳一問一答（在這口密閉的木箱裡，聽起來就像遠處的聲音），但是在這間陰暗的壁櫥裡，又感覺不到任何人影，

「一定是鬼！」

有一個孩子大叫，其他孩子也尖叫一哄而散。遠處的房間似乎又傳來微微的呼喊聲：

「叔叔！快出來吧！」

他們似乎正在打開周圍的壁櫥找尋人影。

三

在充滿刺鼻樟腦味的一片黑暗之中，反而產生一種奇妙的舒適感。格太郎想起他的童年，不禁潸然淚下。這口古老的木箱，是他母親生前的嫁妝之一。他記得小時候時常以這口箱子當船嬉戲的光景。他想著想著，感覺母親溫柔的表情，也在黑暗中浮現出來。

但是當他回過神來，發現外面的孩子們似乎找累了，說話也開始輕聲細語。他仔細一聽，

「好無聊喔。我們去外面玩吧？」

他聽到其中一個孩子這樣說，臉上也似乎露出無趣的表情，

「爸爸——」

這是正一的聲音，聽起來他也跟著跑到外面了。

格太郎聽到兒子的聲音，才總算想要爬出大木箱，衝出去讓那些孩子嚇到動彈不得。他用力往上推，想打開木箱的蓋子，卻發現蓋子緊緊蓋著，一動也不動。一開始他還覺得沒什麼大不了，試著往上頂了幾下，然後他認清了一件可怕的事實——他不小心把自己關進那一口大木箱裡。

大木箱的蓋子上有一個金屬鉸鏈，上面的小孔在蓋上時，正好可以讓下面突出的金屬栓穿進去。剛才他在蓋上木箱的時候，上面的金屬扣片碰巧就蓋上，成為他打開之前的樣子。以前的這種大木箱都會在厚實的木板外圍釘上鐵皮，整個木箱牢靠到令人退避三舍，鉸鏈也一樣堅固耐用，病懨懨的格太郎根本無法打破這口木箱。

他一邊大喊正一的名字，一邊搥打木箱的蓋子。但是孩子們都已經放棄找尋，跑到外面遊玩，沒有任何回答。他又開始用盡全身力氣大喊女傭們的名字，在木箱裡奮力掙扎。但是他運氣實在太差，再努力也是白費工夫，女傭們正在後院的水井邊東家長西家短，或是留在女傭房裡沒聽到，總之沒人回應。

這口大木箱在他房間的壁櫥最內側，所以他在密閉的箱子裡發出的叫聲，能不能讓兩間三間距離外的人聽到，還是個問題。而且女傭們的房間在最遠的廚房旁邊，如果耳朵不機靈，根本不可能聽得到。

格太郎越喊越大聲，卻遲遲沒人來救他，心想自己可能會就此死在木箱裡。他心想自己怎麼幹下這麼蠢的勾當，有一種想大笑的衝動，但現在的狀況根本沒有滑稽的要素。他發現因為生病而對空氣特別敏感的自己，好像開始覺得空氣好像越來越稀薄，不只是因為他蜷曲著身子，他感受到的是呼吸困難，又因為這口大木箱是傳統工藝細心打造的高級品，在蓋住的時候，應該不會有什麼可以透氣的縫隙。

他一想到這裡，剛才已經在激烈拍打中耗盡的體能又回來了，他拚了命地用拳頭搥用腳踢著那面蓋板。如果他的身體健全，花點時間說不定可以把木箱踢開一個縫隙。但是他的心臟很弱，手腳也沒有力氣，既不足以破壞箱子，再加上缺乏空氣讓他越來越難呼吸。他在意識模糊之中，仍然排斥這種令人噴飯的可笑死法。疲勞與恐懼讓他的喉嚨乾得隨著喘息刺痛，當下的心情要如何形容才好呢？

重病在身的格太郎，知道自己遲早都要死，如果是被困在其他比較寬敞的地方，他也不會如此激烈地掙扎。但是困在自家壁櫥的木箱窒息而死，怎麼想都是無比滑稽且不堪的死法，他不想以這種喜劇作為人生收場。他掙扎與思考的過程中，完全沒有女傭前來，如果能來的話，他就會像夢想實現一樣獲救。這番折騰將讓他成為一則笑話，只要想得到的方法，他就不放棄。恐懼與痛苦，也隨著一再挑戰變得越來越大。

他一邊痛苦掙扎，一邊以沙啞的聲音咒罵著無辜的女傭們，甚至是自己的兒子正一。離他幾乎不到二十間距離的他們，這時候表現出的那種沒有惡意的冷漠，就是因為沒有惡意，讓他覺得更為可惡。

在一片黑暗之中，呼吸也越來越困難，他現在已經發不出聲音。他發出了奇怪的喘鳴聲，像陸地上的魚一樣抽搐著。他張大著嘴巴喘息，兩排雪白牙齒像骷髏一樣露出牙齦。這時他明白自己的抵抗已經毫無用處，於是拿出最後一口氣，用兩手指甲在蓋板內側用力地摳抓。他正在作垂死的掙扎，對指甲剝落也已經毫無感覺。然而，這時候任何一絲救贖的希望，對於萬念俱灰的他而言，反而是一種言語難以形容的殘忍折磨。這已經是一種任何死於惡疾的患者，甚至是死刑犯都不曾體會的絕大痛苦。

四

結束在外面偷情的妻子阿勢，回到家的時間大約是下午三點鐘。這時困在木箱裡的格太郎，還是不放棄最後的希望，氣若游絲但固執地掙扎著。

她早上只顧著要早早出門，根本不在意丈夫的死活，回家後卻還是發現樣子有些不妙。她看到玄關大門敞開，她心想平時小心翼翼掩蓋的破綻，該不會已經全部露出原形了吧？她的心臟跳到快要迸出來了。

「我回來了！」

她以為會馬上聽到女傭應門，先朝屋內叫了一聲，沒人來開門。進門後看著每一間開著門的房間，裡頭也沒有半個人影，連那個蓬頭垢面的丈夫都不見了，感覺很怪。

「有人在嗎？」

她到了起居室，拉起嗓子又喊了一遍，

「來了來了！」

女傭房裡才傳出慌亂的回答，一個女傭紅著半邊臉跑出來，也不知是否因為偷偷打盹被嚇醒。

「妳一個人在家嗎？」

阿勢忍住自己容易生氣的個性問那女傭。

「那個，阿竹姐正在後院洗衣服。」

「那，我老公呢？」

「少爺應該在房間裡吧？」

「他看起來不在房裡呀？」

「是這樣嗎？」

「怎麼搞的，妳剛剛一定是睡著了吧？這樣很糟糕呢。我兒子呢？」

「剛剛少爺還在家裡玩遊戲，還跟老爺一起玩躲貓貓。」

「真拿我老公沒辦法。」她總算找回自己平常的樣子，「那麼老公他一定還在外面吧。妳去找找看，」

她板著臉命令完女傭之後，走進自己的房間，正好看見穿衣鏡中的自己，便開始脫下自己的外出服。

當她正要解開自己的腰帶，就聽到隔壁丈夫的房裡傳來嘎嘰嘎嘰的詭異摳抓聲。一開始以為是蟲鳴或老鼠在爬，仔細一聽又聽見人的沙啞喘息聲。

她留著身上的腰帶，忍著心底的不快，拉開隔間壁櫥的門。這時她才發現衣櫥的拉門還開著，剛剛聽到的聲音可能從那裡傳出來。

「救命，是我呀！」

口齒不清而似有若無的呻吟，在耳中異樣地清晰迴盪著，不由分說正是丈夫的聲音。

「唉呀，老公你在這個大箱子裡幹什麼？」

她難掩驚訝地跑向那口木箱，一撥起金屬扣片就問：「原來你在玩躲貓貓呀，你真是愛開無聊的玩笑呢……可是你為什麼要躲在這裡呢？」

如果年輕的阿勢天生就是個蛇蠍女，她的本性會比隱瞞自己已婚身分去勾搭別的男人更可怕。不知從哪裡想到的壞念頭，讓她扳開金屬扣片之後，只把上蓋掀開一點點，想了一會，又把蓋子蓋回去緊緊壓住，再把金屬扣片壓回去。這時，箱子裡的格太郎可能還死命掙扎著吧？阿勢的手感覺到蓋板下一股微弱的力氣向上推，她一用力就把蓋子完全蓋上了。到了後來，只要想起自己殘忍地害死自己丈夫的場面，與外面發生的任何事情相比，阿勢最苦惱的記憶，還是她關上木箱蓋子時，丈夫以兩手反推的微弱氣力。對她而言，這種畫面比有人滿身是血垂死掙扎還要可怕上好幾倍。

在那口大木箱不再傳出聲音之後，她隆隆地關上拉門，匆忙跑回自己的房間。她這時的動作沒有像剛剛換衣服的時候那麼大方，已經嚇得臉色發白，跪坐在五斗櫃前，一直拉開闔上櫃子的每一個抽屜，試圖掩蓋隔壁房間發出的聲音。

「我這樣做，應該不會有事吧？」

她緊張到快要發瘋。這種情況下，她已經沒有冷靜思考的餘地，有時候人太執著於一件事，一覺得這件事沒有解決的可能，就會坐立不安。但是她日後回想起來，她當下的舉動，可說是滴水不漏。金屬扣片可以用單手關上，而且格太郎是與孩子們玩躲貓貓的時候，不小心困在那口箱子裡，與孩子與女傭的證詞都完全相符；至於她聽不到木箱裡傳來的呼救聲，也可以說是房子太大才聽不到，別人就不會再追問下去了。而且到了後來女傭們也還不清楚到底發生什麼事。

就算沒有想得這麼遠，阿勢對壞事敏銳的直覺，讓她在構思藉口之前，嘴裡先喃喃自語：「沒事的！沒事的！」

出去找孩子的女傭還沒回來，在後院洗衣服的女傭，一時也不會進屋子裡。這時她心裡只希望，最好趁現在讓丈夫的呻吟聲傳不到外面。但是在壁櫥裡執著的摳抓聲，雖然已經微弱到幾乎聽不到，但依然像是快要變慢的發條一樣不斷作響。她以為是自己想太多，便把耳朵靠在壁櫥的拉門上（她實在是不敢再動手拉開）仔細一聽，猛烈的摳抓聲還是沒有間斷過。不只是指甲的聲音，她彷彿還聽到從那好似乾枯的口舌發出的囈語。這些聲音當然是對阿勢的可怕詛咒。她害怕得差點想打破決心去打開木箱，但回頭一想，打開就會讓她站不住原來的立場。既然已經產生殺意，又為何要去救他呢？

但是困在木箱裡的格太郎，心裡又有什麼感覺呢？那怕是身為加害者的她，心裡都在猶豫要不要衝過去救他，但是在她的想像之中，這件事與當下世間罕見的巨大苦悶相比，只有千分之一，甚至萬分之一的微不足道。在自己丈夫就要放棄希望的當下，即便自己是個奸巧的淫婦[03]，也會伸手去打開那個金屬扣片。如果打開了，格太郎的心中，又將是何種難以形容的喜悅呀！平日就憎恨他的阿勢，即使在外面勾搭兩三個男人，這時候竟然還能行有餘力來救他，他一定感到受之有愧。不論他身上的病再怎麼嚴重，對於體驗過死亡邊緣的人來說，生命在這時候究竟還是寶貴的。但是他在片刻間的喜悅，又將會把他推落到一座用絕望兩字都說不盡的無限地獄。即使沒有人伸出援手，讓他就這樣死去，他身上再有苦痛，也已經絕對不再屬於這個世間，而是更痛苦幾倍、幾十倍，言語無法形容的巨大苦悶，一個藉由淫婦之手附加在其身上的巨大苦悶。

阿勢並不可能想得到那麼沉重的苦悶，但以她思考的範圍而言，要她同情丈夫窒息而死，並且對於自己的兇殘毫無悔意，是辦不到的事情。但是以一個蛇蠍女命中注定的楊花水性，她自己也已經無能為力。她站在不知安靜下來多久的壁櫥外，以思念情夫的身影，

03「淫」在此解釋為「作惡」。

作為對犧牲者的悼念。光是想像丈夫的遺產足以讓她一輩子逍遙，想到與愛人從此之後可以不受阻礙地過著悠閒的生活，就已經足以讓她忘記那一丁點對死者的哀悼之情。

她回過神來，以常人無法想像的冷靜理智回到房間外一隅，嘴角竟露出冰冷的苦笑，並且開始解開自己的腰帶。

五

到了當晚八點，阿勢演出精心設計的場面，戲劇性地發現屍體，引起北村家從上到下一陣混亂。親戚、僕役、醫師、警察、聞風而來的各路人馬，擠滿了屋內的大廳。形式上的驗屍不可忽略，搬運工們首先要看大木箱裡原封不動的格太郎屍體。悲傷到谷底的弟弟格二郎與假裝以淚洗面的阿勢，混坐在搬運工之間，從局外人眼中看來，完全分不出哪一人比較可憐。

大木箱被搬到大廳的正中央，一個警官粗魯地掀開木箱的蓋子。五十燭光的電燈泡，照映出格太郎醜陋變形的苦悶身影。平時黑亮的頭髮變得蓬亂豎立，手腳如垂死掙扎一樣地彎曲，眼球突出，張到不能更大的嘴；如果阿勢的心裡沒有住著惡魔，只要看到這具屍體，就算只有一眼，應該也會馬上悔過自首。但是她即使無法直視，別說不會俯首認罪，還噙著淚大大地扯謊。她自己也不明白，為什麼自己可以這麼冷靜，如果殺死一個人靠的是蠻勇，這種情形下就是不可思議的勇氣了。才幾個小時之前，才結束偷情回到家，一踏進玄關，的預感還讓她心神不寧（這時候她的蛇蠍程度，想必已經相當高了），到了這時候已經冷靜得判若兩人。看到眼前的景象，從她一出生就盤踞在她心底的驚世惡魔，終於要露出真面目了。她的本性在往後面對各種危機的時候，讓她能夠以超乎想像的冷靜頭腦，做出毫無差錯的判斷。

驗屍工作順利地結束，遺體由親屬親自從大木箱移到別的地方。這時候才好不容易得到一點空檔的家屬，才開始留意到木箱蓋板內側的眾多刻痕。

哪怕是對事件不知情，沒有目擊格太郎慘死樣貌的人，對於這些刻痕也必定感到相當驚訝。一個瀕死之人心裡可怕的執著，用一種連名畫都比不上的強烈質感，刻劃在這面蓋板上。這些帶血的刻痕，不論是誰看了一眼，都會想掉頭過去，不想再看第二眼。

從雜亂的痕跡線條裡發現驚人祕密的，當然只有阿勢與格二郎兩人而已。當其他人跟著搬走的遺體一起進入另一間廳房，兩人分別站在木箱兩端，仔細看著蓋子內側像陰影一樣的刻痕。唉喲，這些痕跡到底是什麼呢？

陰影中的刻痕，就像狂人下筆一樣強烈，但是在無數的刻痕之間，又有一個大字、一個小字與一個歪斜的字，從這些字的組合與方向解讀，出現了「オセイ（阿勢）」三個片假名。

格二郎的兩眼轉向阿勢，悄聲問著她。

「是嫂嫂的名字吧。」

「對呀。」

唉呀，這麼冷靜的回答從阿勢的口中傳出，是多麼驚人的事實呢？她當然不可能不明白這三個字的意思。垂死的格太郎耗盡最後一口氣，才寫出這三個字作為對阿勢的詛咒，發狂的執念讓他刻完最後一個字「イ」才同時氣絕，想藉此傳達阿勢就是兇手的事實，但不幸的是格太郎最後只能帶著千古遺恨死去。

然而心地善良的格二郎並沒有抱持這麼深的懷疑，也沒有想到「オセイ」這三個字意味著什麼事情，更不會想到這就是指出殺人兇手的證據了。他看了只產生對於阿勢的無謂疑惑，以及可憐的哥哥即使死到臨頭，還對阿勢念念不忘，用苦悶的指尖寫下遺書，為這種殘忍的死法感到哀傷，

「唉，原來他到這時候還這麼擔心我呢。」

說完，她便心想他們已經明白言外之意，覺得她在為自己的偷情懺悔，繼續嘆息，並且隨即拿起手帕蓋住臉（不管是多有名的演員，都不可能這麼快就流出眼淚吧？），開始抽抽噎噎地哭了起來。

六

格太郎的葬禮結束後，阿勢演的這齣大戲，最後以她與情夫分手作結，當然這也只是

表面工夫。她接下來又以無與倫比的手法，極力化解格二郎心頭的懷疑，而且達到一定程度的成功。就算只有短暫的時間，格二郎也完全上了那個毒婦的當。

阿勢就這樣分到了超乎預期的遺產，並賣掉過去居住的房子，與兒子正一一起不斷換地方住，靠著逢場作戲，不知不覺地脫離了親戚的掌控。

最有問題的那口大木箱，也被阿勢硬生生帶走，並且悄悄地賣給古物店。不知現在這口大木箱落到誰人之手？蓋板內側的刻痕與怵目驚心的片假名文字，又會如何刺激新主人的好奇心呢？新主人會不會為了這些刮痕暗藏的駭人瘋狂執著而心驚膽戰呢？而「オセイ」這三個奇妙的文字，又帶給他何種想像呢？如果產生想像，會不會聯想成一個不知人間醜惡的清純少女呢？

發表日——西元一九二六（大正十五）年七月／《大眾文藝》雜誌

背景摘要——亂步原本想以阿勢為主角，編寫一系列犯罪小說。本篇於《大眾小說》上刊登時，亂步在文末附記上指出，「如果作者心情好，希望將本作品作為一篇序曲，也許來日他時，讀者諸君就可以看到史上罕見的對決故事『明智小五郎對北村阿勢』，僅此為記。」然而阿勢要等到亂步死後，在二〇一七年才由東京 THEATRE TRAM 劇團結合其他七篇亂步短篇小說，改編成同名舞台劇，還找來黑木華飾演阿勢。

毎月四節ハ八日迄　内実は行

四朔日　左九　右八　二日　左十　右九

三日　左九　右八　四日　左十一　右八

五日　左十　右九　六日　左九　右九

七日　左九　右八　八日　左九　右八

右ニ至テ毎月四朔日ヨリ八日迄

是三日

[illegible]

ネ

茶袋　ケツワン　[illegible]

競争

[illegible]五申年九月　[illegible]

[illegible]長[illegible]　十六日　山田[illegible]

[illegible]六年四月　副[illegible]

[illegible]しく如来様をたのむ

たのみませよと申すなり

願ハ木と同じく佛と願ひ

依と念せバ自念同じく佛となる

さとく父母のすのを見て[illegible]

ひ

遍塞　票札　疲労

響　屏風　卑怯　密語

秘密　必竟　雛

拍手　瓢箪　海鼠

捻　火燧　便宜　一抔

一撮　一抱　鶉　密語

貧窮　稟　微　牙

卑劣　水　蛭　抽斗

非常　髭　吃然

媚　披露　[illegible]

皮　[illegible]

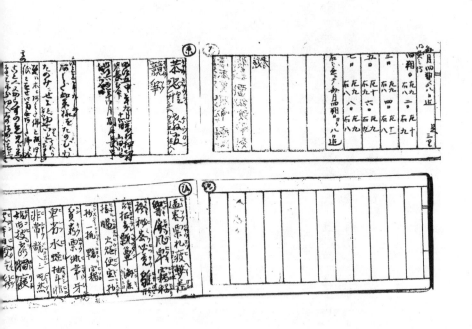

出奔——小說——伊藤野枝

大正七年

ん

ぽ

っ

ゆ

旅費帳

し

一月壱日

出奔

吃完難以下嚥的早餐之後，登志子便回到自己的房間。不知何時，原本在簷廊外迎著朝陽綻放的美麗石楠花，也已不見蹤影。

她來到朋友家裡，正好過了一個星期。她不可能一直待在這裡不走，接下來又該如何是好？為什麼當時她沒有馬上從博多[01]搭乘列車上京呢？只是擔心路上會遇到阻礙或太過無聊，留在這裡反而進退兩難。雖然這時候非要解釋清楚不可，她卻一直沒對朋友開口提過。即使她一開口，朋友可能也只會用一句「是喔？」就草草帶過，她實在很難啟齒。這麼親切的人，反而更難開口。登志子只能茫然地看著籬笆邊綻放的桃花，思考自己苦無退路下的下一個棲身之地。

「今天天氣真好，晚上我回來以後一起到那邊走走吧？」

01博多：福岡市的鐵路車站。

不知何時，志保子——她的朋友——穿著樸素的直袖木棉外套與長裙，臉上露出開朗的微笑，在一旁看著登志子若有所思的表情，以安慰的輕柔語調問她。對於四、五年間從來沒有露臉的朋友突然前來，她即使緊張，也難掩內心興奮繼續說：「妳來了我實在很高興呀，希望妳留久一點，我會帶妳出去玩，好不好？我的日子實在過得太、太、太無聊了，妳在我就太開心了，希望妳能留久一點。」

她的語氣聽起來令人懷念不已。不過登志子這時心裡想的，卻是當時她在寒冷刺骨的雨中，坐在一台搖晃的黃包車裡，穿過陌生的鄉下小路，也不知往哪裡去，自己走著這條長長的路直到現在，中間經歷多少徬徨無助，自己過往各式各樣的問題又一直掛在心頭，一直忍著令自己顫抖不已的悲傷，要不是有朋友在，又該怎麼辦才好呢……即使能免於孤獨，萬一志保子對她一直冷淡下去，自己專程來找她的目的無法達成，又該怎麼辦呢……她心裡一直想著迫在眉睫的危機，卻又遮掩不住來找朋友求助的期待，心想來了以後，心底已經凍結的悲痛，可以靠朋友一句溫暖的話語和款待而得到化解。她轉過頭來，以淚眼看著志保子的臉，只能默默點頭。

「我看起來總是這一副窮酸樣子吧?這次我穿著平常的衣服就逃出來找妳的，本來打算馬上回到東京，後來想一想，還是跑來找妳了。我不會待太久，妳就讓我住一下吧。」

總算開口說出這幾句話，也是等到兩人坐在冷冷的地板上聊了很久之後。

「是這樣啊?可是妳為什麼都不跟我說呢?不管發生什麼事，只要妳想說都可以告訴我喔。有什麼事都可以來找我。只要妳不覺得無聊，我隨時都歡迎妳——不過妳為什麼要跑出來呢?」

「我一定會告訴妳，可是真對不起，我還沒辦法跟妳講，因為會講很久。」

「如果這樣，今天晚上妳就說給我聽吧。妳說什麼都可以，不必太過擔心。」

「謝謝妳，這樣我就放心了。真高興。」

對話一來一往之下，登志子才發現這一星期之間從來沒有開口提起這件事。個性上只要一遇到挫折就很容易放棄的登志子，對這件事似乎還是很難開口，心想既然志保子一定會仔細聽她說，她就要先想好怎麼說再說，反而沒有那麼急著開口，這幾天一直想著「下次時機成熟，就說得出來了」。

志保子任職的小學，就在家門外不遠處。登志子每天早上到門口送志保子去上班，總是會看著朋友的背影穿過院子裡的黃色油菜花叢。回到房間裡想著自己已經走投無路，將來又要何去何從，不知不覺也到了中午。

她總是想著「不論如何，今天都要說個明白」，每天推敲著故事的順序，但一路走下來的處心積慮，最後總是白費工夫；一想到自己終於捨棄過去的一切努力，從眾人嚴厲的環顧下逃出來，背後的動機與中間遇到的各種苦悶，都讓她無法靜下心來把故事的條理分清楚，心裡只浮現出自己逃家以後，家中的混亂狀態、父親困惑的樣子、伯父伯母咒罵自己的樣子、母親的憂鬱……諸如此類的場面。到了這種場合，她只能靠自己走出一條屬於自己的路，但生平第一次挑戰，卻沒有帶給她痛快的感覺，反而讓她整天悶悶不樂，有時甚至想要回家找父親哭訴；但有些時候，她甚至找不出求死以外的其他想法了。

志保子則在旁小心翼翼地觀察登志子的狀態。傍晚她只要看到登志子兩眼無神地站在簷廊，一定會把左鄰右舍的孩子找進來玩，設法打斷登志子的悲觀想像。只要到了這種場合，登志子卻陷入一種更深沉而難以說出口的寂寞深淵，這時志保子只能一直以清澈明亮的雙眼看著她，用溫暖親切的友情陪她一同掉淚。

如果志保子晚下班了，登志子就會走出房間兩三次，看著屋外學校的屋頂發呆。只要看到黃色油菜花叢間的長長白色小徑，她就會覺得這條路沒有盡頭，並且聯想到往事的點點滴滴，不多久就淚流滿面。屋外來往的行人，看到陌生的登志子悄然站在那兒，也不禁轉過頭來好奇地打探。這時候的登志子，一想到自己已經被遺棄到一個遠到自己也不認得的地方，眼淚擦也擦不完，最後站也站不住。當她打開電燈，連燈火的顏色都讓她感到害怕。她這時一想到離開時沒有帶幾本書出來打發時間，又感到十分懊悔。她看著帶有淡淡憂傷的燈光，總是哭紅著眼，等待好友的歸來。這時如果還萌生了悲傷的念頭，就只能拿起一封當時帶在身上的信，這封光郎寫給她的信，或多或少地把她無依無靠的心情從絕望深淵拯救回來。

今天早上志保子出門上班以後，登志子還是每天只顧著煩惱出路，沒有再做其他的事。登志子每天早上第一個念頭，就是再這樣賴在志保子家裡不走是不行的。現在最緊迫的問題還是在盤纏上，登志子第一次回家之後，為了防止萬一，事先準備了將近十圓的私房錢，但經歷了將近七十天的無所事事以後，卻還是用掉了一大半，在預期會離家出走的情況下，這次出門卻兩手空空。別說是換洗衣物，連去拿私房錢的時間都沒有。她到了福岡，身上的盤纏只夠她去伯母家或朋友家，現在更是難以啟齒。她不想再因為身上沒錢，半夜悄悄溜回家去。雖然沒有「有家歸不得」的問題，這次卻沒有再回去的打算。她沒有其他辦法，只好先去三池[02]伯母家，在路上她又因為無法開口，而決定跑來朋友家。她如果寫信求救，能回應她的大概兩三人。在一來一往過程中，又不想曝露行蹤被家裡發現，所以她只能投靠志保子。信寄出去過了一星期還不見任何回應，借不到生活費，處境相當危險，這下她該怎麼辦呢？登志子到現在為止還是天天乾著急，覺得只能隨波逐流。淹沒在汪洋大海中。她覺得自己會一直沉到海底深處，就要清醒的自我意志，在暈眩的同時激烈對抗當下的處境，像是一種悲痛的生存方式。如果自己也能勝任礦工那種每天拚了命進出礦坑，慘烈而掏心掏肺的工作環境，想來也不需要再繼續勒緊褲帶過著看似優雅的寒酸生活。再說家中父母家人都是窮苦人，只能在那種深淵下墮落，有時候甚至會努力工作到發出拔尖的吆喝聲，反觀自己將來的前途也處處受到阻礙：眼前就算找得到再辛苦的工作，到頭來卻成就

02三池：福岡縣南部大牟田市地名，當年曾經是三井財閥管理的礦山。

不了什麼事業。原本對抗世間一切，開拓出的人生道路，卻把她帶向一片什麼都沒有的黑暗。她只有在決定逃出家門的那一瞬間，才享受得到掌握自由的快感。今天到現在為止，她從來沒有感受過片刻開朗的心情。她總是覺得自己的身上，帶著一種不應該知道的牽絆，心情也就更加沉重。她打算到了東京就寫信給光郎，卻又不知道光郎真正喜歡的是誰，於是心裡更加煩躁不安。她想逃，想靜靜地躲到沒人知道的地方，悄悄地死去。不管往哪個方向走，都是死路一條，人遲早都要一死。她感到萬念俱灰。每天都為一樣的事情煩惱，累得要死。想到最後還是往這個方向走。

「這裡有沒有叫做藤井登志的人？有信！」

「來了！」

她收下三封信，一封來自N老師，一封來自光郎，一封是郵局的鐵灰色信封，打開是電報匯款單。她料想不到N老師會這樣知道她的行蹤，還送錢給她。這時登志子又熱淚盈眶。前天她看著老師寄來的電報，老師原來這麼擔心她的安全，登志子還是含淚把老師的事情告訴志保子了。

登志子馬上把老師的信打開來讀。

「我看到妳從客居地寄來的信，就去打了電報，但不知道電報打過去妳能不能看得懂。如果妳有金錢上的問題，不管妳在哪裡，都請打電報過來。小事都有辦法解決，就怕懦弱怕事。請好好保重，我沒有仔細了解所以不清楚妳的狀況，但總之希望妳為了得到真正的幸福，能貫徹自信心，畢竟生命是妳自己的。妳如果失去生命，就只是一個空殼子。精誠所至，金石為開。

不論遇到任何場合，不要死守舊規，也絕對不要放棄意志要堅強，我先說到這裡。

我最近寄給妳的一封信，寄到妳家的時候，我想妳應該已經不在家了。所以這封信可能已經被誰拆開來看過。這封信充滿了熱情，所以只要是看到這封信的人，都會幸福的。」

老師對我這麼用心良苦，所以我從現在開始，真的應該要認真走出自己的道路，不論過程有多辛苦，都應該要自己努力開拓，我絕對不能放棄，應該用功讀書，用功讀書。我會慢慢進步的。登志子認真地想著不應該再這麼頹喪下去，最後她打開了光郎寄來的信，心頭泛起了微微的喜悅。

「嘿，近來可好？我才剛從『S』畢業。現在差不多也要十二點鐘了吧，明天就要開始工作了，我媽一直叫我『趕緊去睡覺』，但是我還是繼續不聽話，隨便『喔』敷衍了一下，然後又偷偷爬起來繼續寫信。等等我還會想別的理由回她。

我覺得明天可能還會收到妳的信——我上次寫的信充滿絕望感，不過呀，我覺得自己還能平心靜氣寫得出這樣的文章，覺得自己還有點可靠。我如果能說得出來，其實還真想說出來，妳三日寫的信，我看完實在覺得很過癮，妳看起來相當寂寞，畢竟人就是一種孤獨的動物——我仔細想想，發現自己也飽受一種任誰也救不了的孤獨落寞感侵襲。但是世間充滿各式各樣的事物可以暫時逃避這種落寞感。宗教、藝術、酒、女人（對女人來說是男人）都是逃避的方式。當然每個人都有不同的需求種類與分量，總而言之少了這些逃避，人就無法好好度過一天。

血緣上的父母兄弟姊妹——算是什麼？夫妻朋友又算是什麼？大家應該都心懷恐懼，

住在遙遠的世界裡吧？大家都活在可怕的孤獨之中吧？但是每個人卻又要與住在類似色調世界裡的其他人見面，並且盡可能去理解對方所在的世界，由此建立親密的關係，其實差不多都可以說成是僥倖得來的結果。理解這種行為的意義有很多種，至少兩人之間彼此之間完全理解，就是不可能的事，我想甚至不可能發生。這種理解只停在比較的層次上。

我一拿起筆，就只會寫出這種怨天尤人的話，這也是我的個性使然。妳就多忍耐一下。我可能有點把妳看得太過高尚，但至少對妳相當地信賴。但是我對於存在一個像妳一樣的敵人，也完全不抱悔意。我想要像是憎恨妳一樣地愛妳，不想建立甜蜜的兩人關係，想要和妳過著帶有痛楚的生活。當然想要過著斷絕所有習俗的生活——應該說是想要踩在習俗上過日子。妳有沒有過這種日子的覺悟？我想要和妳一起努力發揮『自我』的能耐。萬一我不幸妨礙了妳的發展，妳隨時都可以拋棄我，前往任何自己想去的地方。」

（八日）

前天晚上又累又喝了酒，才寫了兩三頁就忍不住睡著了。昨晚想再寫給妳，但覺得會先收到妳的信，先不回。就算只隔了兩天沒收，整天都定不下心來。我剛剛一回到家，就連續收到三封妳寄來的信，才總算鬆了口氣。今晚我還是熬夜到快十二點，我想我是越晚越有精神，只要一提起筆來，就一定會寫到天亮才罷休。何況，最近白天越來越長，我吃完晚餐，就已經七點半左右。吃過飯以後我會休息一下，幾乎每天晚上都會玩玩三味線，或是唱唱歌澤[03]小曲，有時候也吹吹尺八，然後就看看書。不知不覺就到了十點鐘，這時候才會開始寫寫信。今晚開始寫信之前，我已經寫了三封信，應該說是我逼自己寫的，一封寄給N，一封給W，一封給F，我白天明明那麼忙，實在沒辦法應付這麼多人。把那些用來討好人家，沒有意義的內容放在一起看，就會覺得自己怎麼會這麼笨，不知不覺就哭出來了。人實在是一種很我行我素的動物呀。但是這又很自然。就像羽毛顏色一樣的鳥兒會自然聚集起來，不然沒有別的辦法。不過我們身上的羽毛是黑的，並不可能要求其他鳥兒也跟著我們一起變黑。

（十三日）

學校收到那封「登志逃跑，請求保護」電報以來，也過了十天。我想妳這次實在太了

03 歌澤：江戶後期三味線彈唱「端唄」演變而成的曲風，十九世紀中葉分成歌澤（祖師歌澤笹丸大弟子平田寅右衛門成立的寅派）與哥澤（哥澤芝金另起爐灶的哥派）兩大家，合稱「宇多澤（うた沢）」。

不起了，同時卻也感到一些不安，卻想不出辦法來。我只能假裝鎮定告訴他們，妳一定是自己跑到東京去了。校長馬上用校長才有的口吻嘀咕：『如果她到了東京，我們是不是就已經管不了她了呢？』S老師就用一句我實在聽不懂的話回答：『你這不就是在裝作什麼都不知道嗎？』我斬釘截鐵地說：『我可以自由行動，如果藤井來我家投靠，我會用個人的判斷進行處置。』我並不知道他們對我的話有什麼想法，女老師們聽到都嚇呆了。我對於人的思想有這麼大的差距，只感到相當可笑而已。S老師比較理解妳的想法，所以十分同情妳的處境，不過對妳採取的行動完全持否定意見。我只能默默地站在旁邊，心裡充滿痛苦。那天我回家以後，就收到了妳的信。我一直站得遠遠的，以客觀角度看這件事，但當事人心底說什麼都一定不好受，整天都很難過吧？想著想著，我心底也像是被一塊大鉛錘壓住一樣沉重，但是這種痛楚反而讓我心情更加激昂。我心裡感到焦躁，如果這樣也能直接一走了之的話會怎麼樣呢？隔天（也就是十二日）我就把信帶去學校了。既然要讓他們知道的事情，也就沒什麼好隱瞞的。我要讓他們看這些信，順便表明我的態度。所以我對妳一直有一種過意不去的感覺，對S老師也感到不很愉快。

（十四日）

昨天晚上本來打算多寫一點，又因為太累了不知道要寫什麼。我沒骨氣，心裡一片茫然。

我到家了，現在時間五點。我看到妳寫的信，心情就馬上激動起來。我再也沒有耐心寫這種信了。但也因為想不到別的方法而只能忍住心理衝動繼續寫下去，我長話短說。

十二日，也就是讀妳的信那天，我也收到一封從一個姓永田的人寄來的明信片，內容極為露骨。『你可以好好感受一下與吾妻藤井私奔的樂趣，我最近因為你受到了意想不到的刺激，每天都過得很清醒，雖然我的生活既單調又平凡。』

如果妳去了東京，就把事實一五一十地告訴我，我才可以明白以後應該對妳採取哪種態度。我不想抱著玩玩而已的心態。

如果不想離開，出了門一不小心還會被發現的，我想再寫下去，但時間已經不夠了。

（十五日晚上）

眼前各種光景像走馬燈一樣閃過，甚至產生一種前往不知名異國的念頭，偶爾也會想到往昔在學校的時光。

現在還沒想過到東京以前可能會被抓到，看著手上的信的登志子心頭一陣焦急，愣在原地一動也不動。

她被人家認為「結了婚」，無言以對只能默默流淚，但是被說成是結婚，自己也愛莫能助。以登志子自己的心情而言，再怎麼說都不會考慮到結婚——從一開始推測現在的狀況，就覺得這是對用最殘忍方式對待自己的人能用的復仇手段。但是現在自己的心情不論如何，都已經找不到下手報復的動機，心裡反而感到更加痛苦。登志子讀完手上的信，一時心頭百感交陳，各種衝動於她體內奔流，讓她險些叫出聲來。隨著心情慢慢沉澱，她的想法慢慢回到光郎與自己的身上。她的視線不知何時落在「通姦」兩個字上。

「難道真有這回事？」

想到這裡，登志子的身體不禁顫抖起來。當時登志子怒火中燒，沒有時間想其他的辦法，滿腦子只有一個念頭：「這種強人所難的殘忍勾當，要怎麼報復才好？」她面對的是這一個清清楚楚的問題。她不可能如此輕易地接受男人給她的這種愛意。毀棄強制實行的婚約，對登志子而言已經是最溫柔的舉動。更何況她還是個在學學生。在進入同居生活之前，還有半年可以考慮，所以她才覺得船到橋頭自然直。

回到學校以後，登志子過著近乎於自暴自棄的生活，和她一起的堂姊驚訝之餘也只能擔憂。登志子三番兩次想要向N老師訴苦，但她還在盛怒之中，說出來的話顛三倒四，只會讓人摸不著頭緒。所以她只能盡可能不要繼續想下去。這種時候卻也無法向光郎坦白說出來龍去脈。煩悶與焦慮不斷壓迫，讓她無法好好思考，登志子每天想著同一件事情，卻找不出答案。日子一天一天過去，也錯過了向N老師好好解釋的機會。最後在思緒一片混亂、問題一籌莫展之中，唯一想得到的辦法與當務之急，只有冷冷地逃離那個陌生男子，逃離周遭所有懷疑的眼光。那男的看起來就一副比自己更低級的樣子，愚蠢的長相更像是身無長物，要登志子與這個傢伙一起，連一個小時都嫌久。至於指稱登志子與他人通姦的不明男子，登志子心中與其說是憎恨，不如說是感到可笑，那男人憑什麼可以這麼確定自己的想法呢？被稱為「吾妻」，她不但生氣不起來，還覺得大剌剌寫下這兩字的男人何其滑稽。不過登志子卻覺得自己對光郎犯了某種罪。分手以來還不到半個月，卻覺得已經過了一年。不論如何，真想早早前往東京。去了東京，一定會告訴大家，把事實一五一十告訴大家，不管是N老師還是光郎，一定都能理解我所說的話。只要去得了東京——對呀，只要能去，一定可以……

登志子凝視遠方時一直想著。讓她時常悶悶不樂的，應該就是與光郎的戀愛受挫而離家出走這件事了。她只想著要向包括自己在內的所有人辯解。但是她唯一的動力，只有不顧一切往外衝出去。

登志子感到孤獨空虛，心中無依無靠，只剩下趕快出發的衝動。她看了看匯款單，露出了前所未有的喜悅表情，便拿出小鏡子，將插在頭髮上的髮夾一根一根地拔下來。

發表日——大正年間／《青鞜》雜誌（西元一九一一至一九一六年）

背景摘要——如果平塚雷鳥是太陽，伊藤野枝就是北風。野枝從自身體驗出發寫出本作，應否定婚姻制度的她，愛上學校的英文老師，生了兩個孩子、返鄉後再脫逃，為大杉生了五個孩子。《青鞜》在大杉主導方向期間，也因為野枝為了與大杉私奔怠忽主編職守，以及大杉前妻神近市子（西元一八八八至一九八一年）殺人未遂而停刊。本短篇就是刊載於《青鞜》的女性自覺小說之一。

我的一九二二年（選錄）———詩———佐藤春夫

正十一年八月廿一日

一 醤油 　538

一 上印 山半 弐拾樽

外ニ渡面署包壱個添付

11.8.7 小林運送店

右之通積送申候條着之段御請取可被下候也

継所

野州那須郡温泉場

和泉屋旅館

届ケ先

人見三郎殿

荷主

下総國市川町

田中喜兵衛

扱人

同扱

秋刀魚之歌

哀哉！
秋風！
你若有情，請傳個話：
「有一個男人，
今天晚餐時，獨自
吃著秋刀魚
想著想著出了神。」

秋刀魚，秋刀魚

擠出青橘汁滴在秋刀魚上
男人的家鄉，都習慣那樣吃秋刀魚。
女人看了覺得詭異又感到懷念不知多少次，晚餐之前都會摘取青橘。
哀哉！就要被拋棄的他人妻子
正與被妻子疏遠的男子一同晚餐，
得不到父愛的女童
拿著短筷子左想右想
該不該問那個不是父親的男人：可以給我秋刀魚的內臟嗎？

哀哉，
秋風！
你仔細看好
這場世間難求的團圓。

你看，
秋風呀！
請你見證
這吉光片羽的團圓，並不是夢境。

哀哉，
秋風！
你若有情，請傳個話，
傳給失去夫君的寡婦
以及失去父親的幼兒吧！
「有一個男人，
今天晚餐時，獨自
吃著秋刀魚，

流著淚。」

秋刀魚，秋刀魚，
是秋刀魚肉苦，還是鹽巴鹹？
吃秋刀魚的時候
滴上幾滴熱淚，又是哪個村子的習慣？
哀哉！
我卻感到好奇，想一探究竟。

秋衣之歌

其一

去年立秋過後約一旬某日，偶然拿出桌上《情史》01，翻開卷二十四〈洞庭劉氏〉02段：「洞庭劉氏，其夫葉正甫，久客都門，因寄衣而侑以詩曰：情如牛女隔天河，又喜秋來得一過。歲歲寄郎身上服，絲絲是妾手中梭。剪聲自覺和腸斷，線腳那能抵淚多。長短只依先去樣，不知肥瘦近如何。」

本詩詞藻優美，唯謝惠連03古詩〈擣衣〉堪與媲美。吾再三誦讀，秋夜寡居夜更深。

01《情史》：又稱《情史類略》《情天寶鑒》，明通俗小說大家馮孟龍（西元一五七四至一六四六年）精選歷代筆記小說情愛故事而成之短篇故事集，現存二十四卷，計八百七十餘篇故事。其中包括「龍陽」「分桃」「斷袖」典故。

02洞庭劉氏：生卒年不詳，南宋末年莆陽（福建莆田）人。

03謝惠連（西元四〇七至四三三年）：南朝宋國山水詩人謝靈運（西元三八五至四三三年）遠房堂弟。

我化身織女
與心上人天各一方，
悲嘆聲中所織衣物
將穿在思念之人身上。

不知幾年，我都在等待
能在銀河與你相遇
每年秋天奔向你
為你穿上令人稱羨的衣裳。

聽到剪開絹帛的聲音
我心也湧出千千萬萬個不捨
縫線時落淚

縫緊的針線也含悲。

即使你的身形一如別離時
我的心也一如當時，
我再怎麼憂傷，你也會變瘦，
我再怎麼憂傷，你也會變胖。

原為即興戲作，有辱原詩悲切。

其二

三誦洞庭劉氏詩後經一月有餘，某日傍晚不勝秋寒，乃尋秋衣，頓感愴然。當晚執筆欲續〈秋衣之歌〉，然有意卻無法成詩，遂棄諸筐底。今年又到秋衣之候。我一時寄人籬下養病。秋霄獨處，不堪長時孤愁。內心枉然，憶起舊稿未成，然遍尋不著，想必已於幾番轉居中散佚。換言之，本詩乃尋記憶漫吟而成，聊表寸意。用詞稚拙，忝為文章。

燈火杳至的幽暗處
徬徨旅人從行李中
孤獨找出那一件
襤褸秋衣抵擋秋風，
妻子不是劉氏的我
拿出的這件古舊衣裳
手拿秋衣，心茫然
形單影隻，孤愁人。
口口聲聲永不分離

佳人心中仍有餘恨
剪裁愛人秋衣的手
有時也該停下來吧？

在絹帛裂成兩半時
仔細傾聽蟋蟀鳴叫
銘記此時此刻幽微
以後就不會無情。

害怕他人眼光的妳
急忙移動的手
過去恐怕還未曾
編織過這般華服吧？

記得當年告別之時
我看著衣服下擺上
打翻的味噌湯
留下的痕跡嘆息嗎？
劉氏已嫁為人婦
而我拿出的這件秋衣
無法要求他人洗滌
布料看來更為襤褸。
獨坐秋深燈影之間
今年初穿襤褸秋衣
下擺的污漬仍然在

深深地怨恨著妳。

悲懷[04]（厄尼斯特・道森[05]）

我不悲傷，我不哭泣，
所有回憶徒讓我萌生睡意。

看顧著河水湍流，激起雪白浪花瞬息萬變，
從白天到晚上，我看顧著一切消失出現。
從白天到晚上，我看顧著雨滴

04 原文標題 Spleen 也有「脾臟」的意思，古人相信脾臟會累積人的怨恨與憂傷。

05 厄尼斯特・道森（Ernest Dowson，西元一八六七至一九〇〇年）：英國世紀末浪漫派詩人，寫詩求愛被拒後，接連遇到父親病死與母親自殺的打擊，鎮日借酒澆愁，最後身無分文死在朋友家。代表性詩句「酒與玫瑰的日子」（Days of wines and roses）、「隨風遠去」（Gone with the wind），在二十世紀後分別成為電視劇（同名主題曲特別有名）與歷史小說《亂世佳人》。

悲傷地打在玻璃窗上的痕跡。

我不悲傷，然而疲憊不堪，
只因過去一度渴望的事物。

伊人的雙唇，伊人的雙眸，日以繼夜
在我心中的陰暗處，不斷產生新的影子。

我的心裡正渴求著伊人，日以繼夜
在我心中不斷遺忘，直到夜晚來臨。

渴望令我被遺留在悲傷中，泫然欲泣，
伴隨著令我昨晚輾轉難眠的所有回憶。

冬日之幻想

滿天風霜的十二月天空
空氣充滿刺鼻的燻烤乾海產味
只要聽到豆腐小販吹著嗩吶的聲音
從手持火管吹起爐火的男人眼中，突然看出
某個未曾去過破落小鎮冷清街角
映著某家舊貨店懷孕的四十歲老闆娘身影的
一盞釣魚燈。
昨晚積雪越堆越高
吾非聖賢，厭離穢土之念萌生。

同心草拾遺

摘草06

風花日將老
佳期猶渺渺
不結同心人
空結同心草

在心煩意悶飄落的花瓣間
我長長的兩袖也在嘆息

06節錄自唐女性詩人薛濤（西元七六八？至八三二年）〈春望詞四首〉。

與已經無緣的你
一同摘取春日憂愁的問荊芽[07]。

別離

與人別離那一瞬間
腦海浮現的風景
是松樹樹梢帶著
一絲海洋的碧藍。
穿過海上若隱若現
一抹雲朵而來的

07問荊芽：問荊（地松）又名杉菜、馬尾草、地獄草，形似杉樹枝葉，屬於溫帶常見雜草。胞子莖稱為「土筆」，可以食用、泡茶、入藥，在俳句中也用為春天的季語。

遠處焦點，在我的耳中
聽來就像天空傳來誰人的嗚咽聲。

龍膽花

走在山路上，你一直指著
我摘下的紫色花朵，
你一直問著花的名字。
我說這是龍膽草的花。
在秋山上綻放的美麗花朵。現在
我只能不時回憶起
無依無靠的回憶。

發表日——〈秋刀魚之歌〉／西元一九二一（大正十）年十月

〈秋衣之歌〉／西元一九二二（大正十一）年九月

〈悲懷〉／西元一九二二（大正十一）年八月

〈冬日之幻想〉／大正年間

〈同心草拾遺〉／西元一九二三（大正十二）年二月

背景摘要——佐藤春夫匯集古今中外詩文韻律，以表達清新的情感，即便使用和歌格律寫詩，還能保有一九二〇年代的時代氣息。在魔幻寫實作家中上健次（西元一九四六至一九九二年）出道之前，佐藤春夫一直是和歌山縣小鎮新宮的代表人物。

春天乘著馬車來——小說——橫光利一

大正五年度
岐阜縣吉城郡古川町
飛騨種紙製造販賣業
岡山藤吉

春は馬車に乗って

春十日
一姫春小 拾枚　今ノ丁
一姫百 紙五百枚 三月十五日 中村ヨリ入
春 一枚
一月 春 五枚 二四 三十米 一月三十日
秋中 米 春 四枚 今ノ
細 二百四 入 三月十五日 入

春天乘著馬車來

凜冽的秋風吹過海邊的松樹，發出沙沙聲響。一株小小的大理花，蜷縮在庭院的一角。

他靠在妻子臥病的高腳床邊，看著烏龜在噴水池中緩慢移動的身影。烏龜一游動起來，水面的波光就反射到乾枯的石頭上。

「親愛的，你看那邊松樹的葉子，現在正是反光最漂亮的時候。」妻子說道。

「妳原來看得到那邊的松樹呀。」

「對呀。」

「我剛剛正在看烏龜。」

兩人再度陷入沉默。

「妳在這裡躺了這麼久，感想只有松樹的葉子反光很漂亮而已嗎？」

「對呀，我現在又不能想事情。」

「人是不可能整天只睡覺，什麼都不想的。」

「其實我還是會想一些我可以想的事情啦。我希望可以早點好起來，就可以在井邊『刷刷刷』地洗衣服。」

「洗衣服？」

他聽到妻子意想不到的願望，忍不住笑了出來。

「妳還真奇怪，我辛苦了這麼久，妳卻說妳想洗衣服。」

「可是我羨慕以前身體健康的時候還可以那樣做呀。反而你要做這些事才不幸呢。」

「嗯。」他說。

他想起把妻子進門之前，已經與岳家進行五年的抗爭。與妻子成婚之後，又在岳母與妻子間經歷了年的煎熬。當岳母死後，妻子卻突然因為胸腔的疾病臥病在床，度過艱難的一年。

「原來如此呀，我現在想洗衣服了。」

「我覺得我現在差不多也可以死了。但是我希望可以先報答完你的恩惠再走，這陣子我都在煩惱這件事。」

「想報恩，可是要怎麼報？」

「我想把你當成最重要的人……」

「然後呢？」

「然後還要做很多很多事……」

——他心想，可是，她已經沒救了。

「我其實不需要妳特別幫我做什麼回報，我呀，對了，我只想去德國的慕尼黑一帶好好逛逛，而且如果不是下著雨的地方，我還不想去呢。」

「那我也想去！」妻子一說完，突然在病床上挺起肚子，像海浪一樣晃動。

「妳需要絕對的靜養。」

「不要，不要！我要下床走路，讓我起來嘛，好不好？」

「不行！」

「我都差不多可以死了。」

「死了就開始不了了。」

「好嘛，好嘛！」

「好了好了，冷靜冷靜。妳接下來就把松樹的葉子散發的光輝有多美，用一個形容詞描述出來，成為畢生的功課。」

妻子沉默了下來。他為了轉換妻子的心情，想再提出一個柔性的話題，於是從床邊站起來。

午後的海浪在海面遠處的礁石上散開。一艘小船傾斜繞行，避開尖銳的岬角尖端。深藍色背景拍打的沙灘上，兩個孩子拿著冒著蒸氣的烤地瓜，像兩團紙屑一樣坐著。

他還沒有想到要躲避那些接二連三侵襲著他的痛苦浪潮。這些以不同性質侵襲的痛苦浪潮，他認為都是從自身肉體存在最初就已開始發生。他下定決心要如同舔舐砂糖般，讓自己的各種感官更加敏銳，以仔細品味這些痛苦；到頭來感到順口的，又是哪一種味道呢？——他心想：我的身體是一只實驗用的燒瓶，不論如何，都要先讓自己保持透明才行。

大理花的根莖，在地上像乾枯的草繩一樣糾纏。海風從早到晚從地平線上不斷吹襲而來，不知不覺已到了冬天。

他在一片漫天風沙之中出門，只為了一天兩餐能讓妻子能享用愛吃的新鮮鳥內臟。他找遍海岸小鎮上所有賣雞肉的店面，從黃色的砧板上張望到人家的庭院。

「你們有沒有賣內臟，鳥的內臟？」

他運氣不錯，從冰塊堆裡拿出像瑪瑙一樣的雞內臟，便快步奔跑回家，將之放在妻子的枕邊。

「這個像月牙一樣的是鴿子的腎臟，有光澤的是鴨子的肝臟。這個看起來像是一片被咬斷嘴唇，這一小顆青綠色的蛋，看起來就像崑崙山上的翡翠。」

被他的三寸不爛之舌煽動的妻子，就像被迫獻出初吻一樣，在豪華的床衾裡因為飢餓而扭動著身軀。他時常殘忍地奪走那些內臟，直接丟進滾燙的鍋裡。

妻子也隔著床頭的欄杆，一邊微笑一邊看著不斷沸騰的湯鍋。

「我從這裡看妳，覺得妳好像一頭奇妙的野獸呢。」他說。

「唉呀，就算是野獸，我還是你太太喔。」

「對呀，一頭關在籠子裡，想要吃內臟的太太。妳不管在什麼時候看起來，都有一些殘忍的樣子。」

「你才殘忍呢！你看起來很理性，又有一點殘忍，滿腦子就只想著要離開我身邊。」

「那只是籠子裡的理論而已。」

連像一陣輕煙一樣，從他額頭冒出來的些許皺摺，都是為了敷衍妻子纖細敏銳的直覺，在這段期間，他總是必須用這種結論緩和氣氛。然而有時他也常常被妻子的籠中理論牽走，被說中自己的弱點，並且僵持不下。

「其實我並不喜歡一直坐在妳的旁邊，因為，肺癆這種病絕對不是幸福的事情。」

他曾以如此直接的話反擊妻子。

「難道不是嗎？我就算離開了妳，也只能在屋外的院子裡繞圈子而已。我總是在妳的床腳綁一根繩子，從那根繩子畫出來的圓，就是我僅有的活動範圍。我現在除了這種可憐的狀態，已經一無所有了。」

「你呀你呀，只想出去玩吧？」妻子故作遺憾地說。

「難道妳就不想嗎？」

「你想的是跟別的女人出去玩！」

「妳說歸說，可是如果我真的那樣的話，妳又會怎麼辦？」

通常妻子聽到這句話就會哭泣。他這時只要發現苗頭不對，就只能竭盡所能開理論的倒車，以緩和當下的僵局。

「原來如此，我其實不想從早到晚只陪在妳的床邊，所以為了讓妳快點好起來，最好快點養成整天在同一個院子裡繞著走的習慣，雖然我還沒有開始做就是了。」

「那也是你為了自己好吧？你根本沒有把我放在眼裡。」

他被妻子逼到這裡，自然又被關回她的理論牢籠之內。但是到頭來，自己難道就要這樣慢慢啃噬自己的痛苦，直到死而後已嗎？

「說來也是，我就如同妳所說，為了自己而忍耐一切。不過呀，我為自己忍耐這件事，到底又為了誰而不得不做呢？如果沒有妳，我才不想在這裡蠢蠢地玩著模仿動物園動物的遊戲呢！在外面繞圈圈，又是為了誰？如果不是為了妳，難道還是為了自己嗎？笑死人。」

到了晚上，妻子發燒超過刻度九[01]。他為了應證自己的理論，只能拿著冰袋，一下打開袋口，一下闔上袋口，直到破曉為止。

但是為了讓自己必須休息的理由更加明白，他又必須近乎每天整理這可惡的理由，例如用餐或讓病人休息，而必須前往另一間房間。如此一來，她又會拿出籠子理論對他攻擊。

「你一定想盡辦法離我遠一點吧？你今天只進來這間房間三次而已，我明白了，原來你就是這種人。」

「妳這傢伙以前不是說過我想怎樣都行嗎？我為了讓妳的病好起來，不得不去買藥買食物，錢又從哪裡來？妳該不會叫我去變魔術吧？」

「可是你的工作，在家也可以做不是嗎？」妻子問。

「不，這裡做不了。我至少需要在一個能忘記妳的場合才能工作。」

「說得也是，反正你是一個一天二十四小時除了工作什麼都不想的人，我的話就算

01 舊式水銀體溫計的刻度，在標準體溫以外的數字標示由低到高為35、6、37（紅字）、8、9、40、1、42。

了。」

「妳的敵人就是我的工作。但是妳的敵人，其實不斷地在幫助妳。」

「我好寂寞呀！」

「生而為人，一定會有寂寞的時候。」

「你真好，還有工作可做。哪像我，什麼都沒有……」

「找一找不就有了嗎？」

「除了你以外，我什麼都不想找。我每天只能看著天花板，然後睡著。」

「這種話就請妳別再說了！就當成我們兩個都很寂寞好了。我要趕截稿日，今天交不出去，對方可能會很麻煩的。」

「反正你都是這樣，把截稿日看得比我還重要。」

「不不不，截稿日是一塊令牌，在截稿日之前，不論什麼事情都得推掉。既然我看到這塊令牌，連自己的事情都顧不了了。」

「對嘛，你就是這麼理智嘛，每次都這樣嘛。我呀，最討厭這種理智的人啦！」

「既然妳屬於這個家，對於外面插進來的令牌，就必須和我一樣負起責任。」

「那種要求難道就不能推掉嗎？」

「那我們的日子又應該怎麼辦？」

「如果你對我這麼冷淡的話，我不如去死死算了。」

他不發一語，飛奔進院子裡不斷深呼吸。接著他又拿起買菜的包袱，悄悄上街去買新鮮的鳥內臟。

但是她的籠子理論與自己綁在籠子欄杆上的理論不斷衝突，在剎那間產生一股刺激迎面而來。她也因為自己在籠中建立的理論太過銳利，讓自己的肺葉組織破壞的速度一天比一天快。

她曾經圓潤光滑的手腳，已經變得像竹枝一樣瘦弱。敲擊她的胸口，只會聽到拍打門紙的聲音[02]。現在她連最喜歡的鳥內臟，都已經不屑一顧。

為了刺激她的食欲，他買回現撈魚類，在簷廊上一字排開講解。

「這是鮟鱇魚，是跳舞跳到筋疲力盡的海底小丑。這是一種叫做虎蝦的蝦，蝦子是全

02拍打門紙的聲音：肺部組織壞死產生空腔。

副武裝戰敗的海底武士。這條竹筴魚是強風吹落的枯葉。」

「我比較希望你讀《聖經》給我聽。」她說。

他像保羅一樣捧著魚[03]，看著妻子的臉，心中浮現不祥的預感。

「我什麼都不想吃了，我只希望你每天讀一段《聖經》給我聽。」

他沒有辦法，只好從那天開始，拿出破舊不堪的《聖經》朗讀。

「耶和華啊，求你聽我的禱告，容我的呼求達到你面前！我在急難的日子，求你向我側耳，不要向我掩面！我呼求的日子，求你快快應允我！因為，我的年日如煙雲消滅；我的骨頭如火把燒著。我的心被傷，如草枯乾，甚至我忘記吃飯[04]。」

但是不幸的事仍然繼續發生。經過了一整晚的狂風吹襲，隔天早上院子池塘裡的遲緩烏龜突然不見了。

隨著妻子病情的加重，他根本無法離開妻子的床邊。她的口中每一分鐘都會咳出痰來。她自己咳不出來，他更無法順利為她排痰。她的腹部也開始發生陣陣劇痛，一天之中不分

03 相傳耶穌門徒彼得入信前曾以捕魚為生。
04 節錄自中文和合本〈詩篇〉102:1-4。

日夜，隨著咳嗽的發作，至少會突發五次。每次腹痛，她都會一直抓著自己的胸膛，痛苦地翻來覆去。他面對一個重症患者，覺得自己必須相對更加鎮定。但是只要他越冷靜，她就會在不斷咳嗽的苦悶中不斷咒罵他。

「我這麼痛苦，你……你卻在想別的事情！」

「好了，安靜下來，妳突然大叫呢……」

「我好恨你現在還能這麼冷靜！」

「我心裡慌著呢。」

「可惡！」

她一把搶走他手上的稿紙，拿來擦拭嘴邊的痰，又往他身上丟去。

他只能一手擦拭她全身流出的汗水，一手不斷擦拭她口中咳出的痰。他發現一彎下腰來就開始發麻。她被疼痛支配，兩眼一直看著天花板，兩手卻不斷捶打他的胸。他手上的毛巾被壓在她的睡衣底下，她突然踢開棉被，不斷晃動著身體想爬起來。

「不可以起來！不可以！」

「我好痛苦，好痛苦！」

「冷靜下來！」

「好痛苦！」

「小心跌倒！」

「吵死了！」

他像是拿著盾牌一般，被捶打的同時，還不斷安撫她削瘦的胸膛。

但是在這種無以復加的痛苦之中，比起妻子健康時候對自己那些忌妒帶來的痛苦，卻感到隔了好幾層的溫柔。他想了一想，發現擁有腐壞肺臟，病入膏肓的她，還比肉體健康時帶給他更多幸福。

——這種想法真新鮮，我的思緒已經無可奈何地被這種新鮮的解釋整個吸引住了。

只要他一想到這種解釋，就會一邊看著遠方大海，突然哈哈大笑。

妻子聽到笑聲，也會拉出籠中理論，一臉痛苦地看著他。

「好了好了，我已經知道妳為什麼笑了。」

「不。與其看妳好轉後穿上洋裝活蹦亂跳的樣子，我說不定更想看妳安安靜靜躺在那裡。妳如果好好躺著，白皙的樣子看起來比較有氣質。總之好好睡吧。」

「反正你就是這種人。」

「就因為我是這種人，才能心存感激照顧妳呀。」

「照顧照顧，你第二句話居然還扯得出照顧這兩字？」

「這是我的驕傲呀。」

「我才不要你這種照顧！」

「假如我現在要到隔壁房間三分鐘，對妳來說是不是就像是拋下妳三天不管一樣？妳說說看嘛！」

「我只希望什麼抱怨的話都不說，好好地照顧我就夠了。如果你露出不高興的臉色，一副怕麻煩的樣子，我才不覺得感激呢。」

「可是照顧本來就是從讓人厭煩的本質發展出來的呀！」

「那我就知道怎麼辦了。你要我閉嘴是不是？」

「對了，如果要照顧妳，我看需要把妳的一家大小都叫來，存一百萬圓現金，然後請十來個醫學博士、百來個護士小姐。」

「我才不需要這麼多人呢，我只要你一個人照顧。」

「也就是說要我一個人模仿十個博士、一百個護士還有一百萬圓的銀行行長嗎？」

「我根本沒這種要求！我只要你靜靜地陪在旁邊就放心了。」

「看吧。所以，如果我皺眉頭或抱怨的話，妳就多擔待點吧。」

「我如果哪天要死了，一定會怨恨你、怨恨怨恨到死為止。」

「這種程度我還可以接受的。」

妻子又陷入沉默。但是妻子看起來似乎正在偃息殺人的衝動，默默磨亮腦中的刀劍利器。

但是隨著她病情的逐漸惡化，不得不思量起自己的工作與生活。然而每天照料妻子，加上自己的睡眠不足，他每天也感到越來越累。他明白自己身體越糟，就越不能工作，越不能工作，生活就只能每況愈下。然而養病需要的費用不斷增加，也明顯地吞掉他生活的餘裕。不論如何，只有他逐漸露出疲態是事實。

——那麼，我該怎麼辦呢？

——這樣下去我也會想生什麼病，那麼我就可以心滿意足地一死了之。

他常常出現這種念頭。但是他也想展現出自己想出辦法打破生活困局的能耐。只要半夜妻子又鬧肚痛，他起身就開始一邊來回摩擦妻子的肚皮一邊自言自語：「來吧！煩憂，多來一點吧！」

他說著說著，眼前彷彿看到一顆撞球，緩緩在深綠色絨布桌上滾動的光景。

——那顆球是我的靈魂[05]，但是胡亂推杆讓我靈魂不斷滾動的，又是誰呢？

「老公，再用力點搓吧！你一定很不甘願吧？原來不是這樣的呀？你本來會更仔細搓我的肚子，可是最近……唉呀好痛！」她說。

「我最近越來越覺得累了，我想我可能也快不行了吧？到時候我們兩個人每天都可以在床上不斷翻身。」

他才說完，她突然安靜下來，並用一種像是地板下蟲鳴的悲傷聲音悄悄地說道：「我

05日文「靈魂」與「球」諧音。

已經對你我行我素慣了，不過我現在已經不在意什麼時候會死了。我很滿足了，你睡吧，又痛的話我會忍耐的。」

他一聽，不知不覺就掉下眼淚，不斷搓揉的手更停不下來。

院子裡的草皮在海風吹拂下開始枯黃。玻璃窗一整天都像載客馬車的車門一樣「嘎嗤嘎嗤」地顫抖。他已經有很長一段時間，不記得家門前就是一片汪洋大海。

有一天他去診所拿妻子的藥。

「對了，我記得很早以前就一直想跟你說，」醫師說道，「你的太太，已經不行了。」

「什麼？」

他清楚感覺到自己的臉逐漸失去血色。

「她已經失去左肺，右肺也不斷惡化當中。」

他搭著車，沿著海邊一路搖搖晃晃，像是行李一樣回到家裡。豔陽下一片碧藍的海，就像是掩蓋著死亡的單調布幕，垂掛在他的面前。他希望可以留在這裡，永遠不再看到妻子。如果看不到她，一定會產生一種妻子還活著的感覺。

他一回到家裡，就鑽進自己的房間。他認為只有在這裡，可以不必看到妻子的面容。他走出屋外，躺在草皮上。他疲累到覺得身體往下沉。淚水忍不住奪眶而出時，他就開始摘除草地上的枯枝。

「死是什麼？」

他覺得只是逐漸看不到而已。沒多久，他回過神來，又走進妻子的房間。

妻子默默地看著他的臉。

「要不要我去摘幾朵冬天開的花？」

「你在哭吧？」妻子問。

「沒有。」

「有啦！」

「我又沒有哭的理由。」

「我已經知道了。醫師怎麼說？」

看到妻子這麼冷靜，他就收起悲傷的表情，默默地看著天花板。他坐在妻子枕邊的藤椅上，便靜靜地凝視著妻子的容顏，以便永遠記住。

——兩人之間的大門，馬上就要闔上了。

——但不論是她還是我，該付出的都已經付出了，現在已經沒有留下任何東西了。

從那天開始，他就完全遵照她的旨意，像機器一樣辦事。他認為，這是他可以給她的最後餞別。

有一天，在經過一番痛苦折騰之後，妻子對他說：「老公，下次買嗎啡回來好不好？」

「買來幹什麼？」

「我要買來吞下去，人家說吞下去以後，閉上眼睛就可以一直睡。」

「也就是想死嗎？」

「對呀，我一點也不怕死。如果死了，就了無牽掛。」

「妳什麼時候也變得這麼勇敢了呢？到了這種地步，什麼時候死都沒關係的。」

「可是我還是對你很過意不去呀，讓你一直受苦，我很對不起你。」

「嗯。」他說。

「我很明白你心裡在想什麼，不過我這麼我行我素，又不是我想要的，都是那個病的錯。」

「對，那個病。」

「其實我也已經寫好遺書了，不過現在還不能讓你看。我藏在地板底下，我死後你再打開看看。」

他無言以對——他認為事實令人悲傷，而且應該阻止更悲傷的想像。

在花壇的石頭旁，大理花的球根裸露在外，已被冰霜凍結腐壞。烏龜不見之後，取而代之的野貓，大搖大擺走進他空出來的書齋。妻子整天飽受疼痛折磨，已經說不出話來。她只能沿著水平線，不斷眺望著遙遠海上發亮的岬角。

他在妻子身邊，時時朗讀妻子想聽的《聖經》。

「耶和華啊，求你不要在怒中責備我，也不要在烈怒中懲罰我！耶和華啊，請你可憐我，因為我軟弱。耶和華啊，求你醫治我，因為我的骨頭發戰。我心也大大地驚惶。耶和華啊，你要到幾時才救我呢？在死地無人記念你06。」

他聽到妻子的啜泣聲，停下朗讀看著妻子。

「妳現在在想什麼呢？」

「我的骨頭會到哪裡去呢？我一直在想這個問題。」

——她正在掛念自己的骨頭——他無言以對。

——已經不行了。

他心灰意冷就像是頭一樣低。這時妻子流出更多眼淚。

「怎麼了呢？」

「我的骨頭會沒地方放。我該怎麼辦？」

他突然接著朗讀手上的《聖經》作為回答。

「神啊，求你救我，因為眾水要淹沒我。我陷在深淤泥中，沒有立腳之地。我到了深

06〈詩篇〉6:1-3;5。

水中，大水漫過我身。我因呼求困乏，喉嚨發乾，我因等候神，眼睛失明[07]。」

他與妻子，已經像一對枯萎的根莖一樣，每天默默地相互依偎。但如今兩人已經完全做好死亡的準備，不論發生何事都已不再害怕。在一片黑暗籠罩的家屋裡，水甕充滿了從山上流下來的水，像是夫妻兩人平靜的心一樣清澈。

他在妻子還在睡覺的每一個早上，都會赤腳走在退潮後從海面露出的陸地上。前晚漲潮被沖上海灘的冰冷海草，裹纏在他的腳上。有時他也像是在海風中徬徨的小童一樣，一邊踩著腳下滑溜嫩綠的苔蘚，一邊攀爬海邊的礁石。

海面上的白色船帆越來越多，海岸的白色馬路上也隨著太陽越昇越高逐漸熱鬧起來。有一天，他的朋友突然繞過岬角，送來一束麝香連理草[08]。

飽受寒風長期吹拂的家中，總算傳出一陣早春的清香。

他以沾滿花粉的雙手捧著花束，走進妻子的房間。

「春天終於來了。」

07〈詩篇〉69:1-3。

08 麝香連理草：豆科山黧豆屬植物，又名（麝）香豌豆，原產於義大利西西里島，屬園藝作物，豆與莢具毒性。

「唉呀，這花還真是漂亮呢。」妻子露出微笑，舉起瘦弱的手伸向花束。

「這花實在很漂亮，不是嗎？」

「哪來的？」

「這束花從海岸的另一頭坐著馬車而來，要散播春天的氣息。」

妻子接下花束，兩手把花環抱在胸口。她不禁把自己蒼白的臉埋進鮮豔的花束裡，恍惚地閉上雙眼。

發　表　日——西元一九二六（大正十五）年八月／《女性》雜誌八月號

背景摘要——以小說家自己與朋友的妹妹小島吉美的苦戀為藍本。兩人在關東大地震後開始同居，並透過菊池寬協助，在神奈川縣三浦半島西側，面對三浦灣的森戶海岸租房子住。西元一九二五年吉美罹患結核病，翌年於湘南療養院病逝，得年二十三歲。本作與〈到處都有飛蛾〉（蛾はどこにでもいる，西元一九二六年）〈花園的思想〉（花園の思想，西元一九二七年）並稱「亡妻三部曲」，橫光研究權威井上謙（西元一九二八至二〇一三年）視為「小說家對亡妻用愛奏成的安魂曲，也是對自己青春的輓歌」。文學評論家篠田一士（西元一九二七至一九八九年）將本文視為「新感覺派」文學運動與「小說之神」志賀直哉支配的大正文學風潮的奮力抵抗，可視為「與志賀直哉的小說手法完全對立」之作品。

譯後記——黃大旺

西元一九一二年七月三十日（日本時間凌晨零點四十三分）明治天皇睦仁駕崩，隔天皇太子嘉仁繼位並改元大正（一九一五年補辦即位禮），西元一九二六年十二月二十五日大正駕崩（太子裕仁即位，同日改元昭和）；大正紀元十五年間，陸續發生大正政變、第一次世界大戰、二十一條、十月革命、西班牙流感大流行、韓國割讓日本、全國白米騷動、蘇聯成立、朝鮮三一運動、北京五四運動、中共日共與第三國際之成立、華盛頓會議、關東大地震、美國通過排日移民法、日本第一家廣播電台開播、普選與治安維持法施行等事件。關東大地震對日本社會帶來的改變無疑相當顯著，谷崎潤一郎〈青花〉記錄了震災前的銀座與橫濱，芥川龍之介的〈一篇愛情小說〉則包含了震災後東京的上流生活風雅之描述。包括與謝野晶子或伊藤野枝在內的女性作家，在大正時代積極活動的訴求，也包括女性參政權與普選的促進；經過明治的文化衝擊之後。大正女性可以穿著洋裝、剪短頭髮或燙髮；包括查爾斯頓舞（Charlston）、阿根廷或歐洲大陸的探戈舞（Tango）、法國香頌（Chanson）或爵士樂之類的西洋流行音樂，也開始對日本歌謠曲產生影響。

文學以說故事為主，不管文體怎麼變，作者仍然要發揮敘事者的主觀性，去模仿各角色的台詞與身段動作，所以需要依照故事情境使用合用的修辭以方便故事進展，讓讀者更容易融入作者以文字構築的世界。如果作者基於個人體驗與生活雜感呈現出那樣的世界，並且呈現出現實中沒有的喜怒哀樂，是否譯者為了要揣摩那種情境，也要跟著暗戀、失戀、失魂落魄、酩酊大醉、嚎啕大哭、打砸搶拋，乃至死亡、成為中陰身遊蕩人間……呢？如果是幻想性更強的作品，譯者是不是也要實際給怪獸噴火燒過一次，或是「上窮碧落下黃泉（白居易〈長恨歌〉）」呢？但事實上，譯者從事翻譯作業時，與原文作者產生最大共鳴，能透過文字「共處一個時空」的時刻，不是故事中那些引人入勝、感同身受的段落，反而是福婁拜（Gustave Flaubert，西元一八二一至一八八〇年）那種「吟安一箇字，撚斷數莖鬚（盧延讓〈苦吟〉）」，再三推敲文字也難以成句，連著幾天在書桌前腦袋打結的狀態。所以光是翻譯出幾部暢銷書或經典名著，譯者也沒有本事把自己想得像作者那樣偉大，必須把自己的感情好惡隱藏起來，才可能讓原作文字散發的氣息，透過另一種語言也能發揮同樣效果。即使原作寫得天花亂墜，譯者仍然需要守住紙筆（文書軟體主視窗），力求耐著性子，才能好好轉譯眼前的文字。

語言一直被用於日常生活，也會不斷進化，越用越利。本書收錄的作家谷崎潤一郎和與謝野晶子，生平都各自推出三種版本的白話版《源氏物語》，算是用他們語法的翻譯。他們之所以三度挑戰同一原著，也許是有了新見解而不滿意之前的結果，或是覺得自己文字功力又比當時進步，所以特別在繁忙的創作活動之間騰出時間翻譯，過程中自己的文字功力可能又持續進步，死而後已。芥川龍之介改編中唐傳奇成為短篇小說〈杜子春〉（西元一九二〇年，中文版收錄於《羅生門》：桂冠圖書葉笛譯〔西元二〇〇六年〕、大牌出版林皎碧譯〔西元二〇一五年〕、香港中和出版郭勇譯〔西元二〇二〇年〕），或是太宰治在防空洞裡寫成，由日本古典童話與《聊齋》改編的童話故事集《御伽草紙》（お伽草紙，西元一九四五年，中譯本含逗點文創湯家寧譯〔西元二〇一二年〕、笛藤出版林佳翰譯、大牌出版劉子倩譯〔西元二〇二〇年〕等），芥川從漢文文言文翻譯，太宰從日文古文翻譯轉述，寫出來的文字都已經變成他們的主觀，最後也都被歸類為他們的翻案作品。

本書收錄距今一百年上下的文學作品，現在多半可以在網路上找得到全文以及注解，所以每一個譯者翻譯出來的版本不可能一模一樣，至於優劣高下之類，則又是讀者各自喜好，很難強行比較。在此建議有興趣從「青空文庫」網站找尋日本文學練習日語能力的朋友，在可以直接從原文逐行解讀出語意，並且轉成合適中文之前，最好也理解一下文章的寫作背景，尤其網站版經典文學作品，有的已經從底本的舊漢字舊假名轉換成二戰後新漢字新假名，有的轉錄本可能還維持舊漢字舊假名，所以在研讀一九四五年以前的文章時，古文文法仍然不可或缺，最好還可以參考漢文文言文句法。至於俳句、短歌等具有韻律性的詩歌，有的譯者會照字義翻，有的會刻意翻成七言詩，外文讀者如果想從那麼短的篇幅中感受出「侘・寂」，譯者必須花比原作者吟詠寫作更多的時間去反覆推敲，才會找出自己看得過去的翻譯。

本書在翻譯作業上，用掉的時間確實較長。消費者光從 Google 或幾個個人部落格去找「譯者黃大旺」，會發現這個譯者「好像不太行」，本人身為多年間大量使用注音文、表情符號、外語空耳、各種歌詞、中外大眾文化與次文化典故、冷笑話、羶色腥以及各種迷因圖像的重度網路文化成癮者，在寫作或評論時追求的文字質感，則是兒童文學大師林良（西元一九二四至二〇一九年）淺顯易懂的用字遣詞；同時也承認自己程度沒有高深到可以挑戰古文詩歌，只能採取照字義翻的方式，並求朗讀起來字句通順，避免使用這二十年間的網路慣用語。在翻譯較厚重的作品時，讀者可以發現譯者筆力不足之處，在此要感謝編輯與審稿人在校訂期間提出指正，也祈請各界海涵。作為引介大正時期文學的詩文選集，本人盡一切可能去接近原文的意境，如果這本譯本的修辭不足以呈現室生犀星的樸拙感、佐藤春夫的孤寂、谷崎潤一郎的窒息快感、與謝野晶子的水氣氤氳、伊藤野枝的悲憤、江戶川亂步的妖氣、橫光利一的微物美……隨著語言的進化與用字更精準犀利的譯者投入業界，將來只要出現超越本書的譯本，那絕對是日本文學愛好者的一大福氣。

=120°
（２）或　正午　溫度甲地ハ華氏 62.6° ニシ
氏ノ 15.4° ナリシト云フ兩地ノ溫度何レガ何度高
註
攝氏 15.4° ハ　5 : 9 = 15.4° : x°　x=27
27.72°　= 59.72°　62.6° ノ方溫度高
（３）病氣ノ爲　ノ熱ガ出タトイフトキ
日ハ非常ニ暑イ 98° ダトイフトキハ華氏ノ溫度
チノ方ガ溫度ガ高イカ
（東
ニテ表ハス
ニテ表ハス
ニテ表ハス
ガ12圓42錢デアルト
（伊那中）
攝氏ノ零下 15° 及 40° ハ華氏ノ何度カ
註
F　C
5 : 9=15° : x°　x°=27°
攝氏 0° ノ所ハ華氏 32°
32° 以下 27° ガ攝氏0° 下15
ラ 32°−27°=5°……華氏5°
ニ攝氏 0° 下 40° ハ求ムル
ル
100圓ノ12倍ノ1200圓
1日ノ利子
日歩ハ100圓ニ付キテ
1日ノ利子デアルカラ
利息金 160 圓ヲ得タ
氷點
（５）或時某地ノ溫度ヲ
トノ寒暖計ニテ計リシニ其
116 度ナリシト云フ，各寒
云フコトハ，1500圓
貸シタト同ジダ
ノ利息金ト同ジダ

4 體　積
（基本問題）
（１）內法縱ガ 25cm, 橫ガ 18cm, 深サガ 16cm ノ箱ガアル
此ノ箱ノ容積ハ幾立デアルカ
（松本商）
解
圖ノ如ク縱
2cm, 橫 3cm
高サ 3cm ノ
直方體デハ
一立方糎ガ
縱ニ２ツ並
ビタルモノガ橫ニ３列ア
高ク３段ニ重ツテ居ルカ
メートルトナル
（１）問ノ箱ニ於テハ 25×18×16=7200 卽
トナリ，１立ハ縱，橫，高サ各 10cm ナル立
カラ 10×10×10=1000, 1000 立方糎 7200
1000立方糎＝7.2 卽チ此問題ノ箱ノ容積ハ１立ノ 7.2 倍
ノ大サデアツテ 7.2 立デアル
答 7.2立
卽チ 體積(容積)＝縱×橫×高サ(又ハ深サ，厚サ)
1直角ハ幾度
1直角＝90°
1分＝60秒
（３）元金1200圓ニ對
日步何錢何厘カ
12圓42錢÷45＝
27錢６厘÷12＝
答
）元金1200圓ヲ１
フ，年利率何程
1500圓ヲ１ケ年
160圓＋(1500圓
甲乙丙丁戊己庚辛
壬癸子丑寅卯辰巳午
未申酉戌亥
イロハニホヘトチリヌルヲワ
ヨタレソツネナラムウヰノオク
ヤマケフコエテアサキユメミ
シヱヒモセス
一二三四五六七八九
文部省
大正

〔echo〕003

大正的浪漫

大正ロマン

作者　室生犀星、伊藤野枝、芥川龍之介、谷崎潤一郎與謝野晶子、江戶川亂步、佐藤春夫、橫光利一
譯者　黃大旺
副總編輯　洪源鴻
企劃選編　董秉哲
責任編輯　董秉哲
行銷企劃總監　蔡慧華
行銷企劃專員　張意婷
封面設計　吳佳璘
版面構成　adj. 形容詞

出版　二十張出版 — 左岸文化事業有限公司
發行　左岸文化事業有限公司（讀書共和國出版集團）
地址　新北市新店區民權路108之3號8樓
電話　02・2218・1417
傳真　02・2218・8057
客服專線　0800・221・029
信箱　akker2022@gmail.com
Facebook　facebook.com/akker.fans
法律顧問　華洋法律事務所 — 蘇文生律師

製版　軒承彩色製版股份有限公司
印刷　通南彩色印刷有限公司
裝訂　智盛裝訂股份有限公司

出版　二〇二三年九月 — 初版一刷
定價　三四三元

ISBN — 978・626・97365・77（平裝）、978・626・97059・91 (ePub)、978・626・97059・84（PDF）

國家圖書館出版品預行編目（CIP）資料：大正的浪漫／室生犀星、伊藤野枝、芥川龍之介、谷崎潤一郎、與謝野晶子、江戶川亂步、佐藤春夫、橫光利一 著／黃大旺 譯 — 初版 — 新北市：二十張出版 — 左岸文化事業有限公司發行　2023.9　256面　14.8 × 21 公分.
ISBN：978・626・97365・77（平裝）　861.3　112010748

AKKER
二十張出版